Über das Buch Eugene O'Neills 1943 entstandenes Theaterstück ›Ein Mond für die Beladenen‹ greift noch einmal das Schicksal von O'Neills älterem Bruder Jamie auf, den er bereits als James Tyrone jr. in ›Eines langen Tages Reise in die Nacht‹ porträtierte.

In der Begegnung mit Josie Hogan, der schönen und mütterlichen Tochter seines irischen Pächters, gelingt es James Tyrone, der rettungslos dem Alkohol und seinen Schuldgefühlen verfallen ist, den Geistern der Vergangenheit für kurze Zeit zu entfliehen. Je besser sich das Paar während ihres Zusammenseins unter dem fahlen Licht des Mondes versteht, desto mehr entfernen sie sich als Liebende. Als sie nach dieser gemeinsamen Nacht unter dem Septembermond wieder auseinandergehen, tun sie dies in der Gewißheit, das Glück wenigstens für einen Augenblick erfahren zu haben.

In diesem Schauspiel, in dessen Mittelpunkt eine der ungewöhnlichsten Liebesszenen der Weltliteratur steht, handelt Eugene O'Neill den von ihm immer wieder thematisierten Gegensatz zwischen Illusion und Wirklichkeit fast versöhnlich ab.

Der Autor Am 16. Oktober 1888 kam Eugene O'Neill als Sohn eines Schauspielerpaares in New York zur Welt. In das Theater so hineingeboren, begann Eugene O'Neill jedoch erst nach einer längeren Zeit der Suche zu schreiben. Er arbeitete u. a. als Sekretär in einem New Yorker Versandhaus, als Goldgräber und als Matrose. Nach einem gesundheitlichen Zusammenbruch 1912 verbrachte er sechs Monate in einem Sanatorium. Diese unfreiwillige Ruhepause erweckte in ihm den Drang zum Schreiben. 1913 entstand sein erstes Stück ›The Web‹. Zu einem ersten Erfolg wurde sein Einakter ›Unterm karibischen Mond‹ (1918), dem die berühmten Stücke ›Jenseits vom Horizont‹, ›Trauer muß Elektra tragen‹, ›O Wildnis!‹, ›Fast ein Poet‹, ›Der Eismann kommt‹, ›Eines langen Tages Reise in die Nacht‹ und viele mehr folgten. Mit mehr als vierzig Stücken zählt Eugene O'Neill, der 1936 mit dem Nobelpreis für Literatur ausgezeichnet wurde, nicht nur zu den angesehensten, sondern auch erfolgreichsten amerikanischen Dramatikern. Eugene O'Neill starb am 27. November 1953 in Cape Cod.

Von Eugene O'Neill erschienen bisher im Fischer Taschenbuch Verlag: ›Fast ein Poet‹ (Bd. 7151), ›Eines langen Tages Reise in die Nacht‹ (Bd. 7152), ›Der Eismann kommt‹ (Bd. 7155), ›Trauer muß Elektra tragen‹ (Bd. 7154).

Eugene O'Neill

Ein Mond für die Beladenen

Schauspiel in 4 Akten

Deutsch von Leopardi & Eckstein

Fischer
Taschenbuch
Verlag

Theater Funk Fernsehen
Eine Reihe des Fischer Taschenbuch Verlags

Neuausgabe
Veröffentlicht im Fischer Taschenbuch Verlag GmbH,
Frankfurt am Main, Mai 1990
Erstveröffentlicht im S. Fischer Verlag GmbH,
Frankfurt am Main, ›Meisterdramen‹, Bd. 1, 1960
in der Übersetzung von Marianne Wentzel

Lizenzausgabe mit freundlicher Genehmigung
der S. Fischer Verlag GmbH, Frankfurt am Main
Titel der amerikanischen Originalausgabe:
›A Moon for the Misbegotten‹

Umschlaggestaltung: Gerhard Lienemeyer, Offenbach
Gesamtherstellung: Clausen & Bosse, Leck
Printed in Germany
ISBN 3-596-10182-4

Ort und Zeit der Handlung

Erster Akt
Das Farmhaus. Gegen Mittag. Anfang September 1923

Zweiter Akt
Wie vorher, aber mit Blick in das Wohnzimmer – um 11 Uhr am gleichen Abend

Dritter Akt
Wie im ersten Akt – unmittelbar anschließend an den zweiten

Vierter Akt
Wie vorher – Morgendämmerung des folgenden Tages

Das Stück spielt in Connecticut, auf der Farm des Pächters Phil Hogan, vom Mittag eines frühen Septembertages im Jahr 1923 bis zum Sonnenaufgang des folgenden Tages.
Das Farmhaus ist, gelinde gesagt, nicht gerade ein Musterbeispiel neuenglischer Architektur, es fügt sich nicht perfekt in die Umgebung, es wirkt nicht harmonisch verwachsen mit der Landschaft. Es wurde offensichtlich im ganzen an seinen gegenwärtigen Standort transportiert. Ein schachtelartiges, zusammengezimmertes Gebilde mit einem Schindeldach und Backsteinkamin, das etwa einen halben Meter über dem Erdboden auf Holzblöcken steht. An der Vorderseite sind zwei Fenster im unteren Stockwerk und eins im oberen. Die Fenster haben weder Läden, noch Vorhänge oder Jalousien. Bei jedem fehlt mindestens eine Scheibe, die durch ein viereckiges Stück Pappkarton ersetzt ist. Von den braunen Fenster- und Türumrandungen und dem widerwärtigen Gelb, in dem das Haus einst gestrichen war, sieht

man nur noch blaßgelbe Streifen und Flecken, alles andere ist schmutziggrau und verwittert. Gleich hinter der rechten Hausecke führt eine Treppe zur Eingangstür.

Der häßliche Gesamteindruck wird noch verstärkt durch einen Anbau, der nur aus einem Zimmer besteht und links ans Haus angeflickt ist – Josie Hogans Schlafzimmer. Es ist dreieinhalb Meter lang, knapp zwei Meter hoch und offensichtlich Marke Eigenbau. Die Wände und das schräge Dach sind mit dunkelgrau verblichener Teerpappe überzogen. Die Tür, von der drei ungestrichene Treppenstufen nach unten führen, befindet sich rechts. Links von der Tür ist ein kleines Fenster.

Von den Stufen führt ein Pfad um einen alten Birnbaum, links hinten, über einen Stoppelacker zu einem Wäldchen. Der gleiche Pfad geht auch nach rechts und stößt auf einen Feldweg, der von der Landstraße (die etwa hundert Meter weiter rechts verläuft) zur Haustür und von dort durch einen verwahrlosten Obstgarten mit Apfelbäumen zur Scheune führt. Vor dem linken unteren Fenster des Hauses liegt ein großer, oben abgeflachter Felsblock.

Personen

JOSIE HOGAN
PHIL HOGAN, ihr Vater
MIKE HOGAN, ihr Bruder
JAMES TYRONE JR.
T. STEDMAN HARDER

Erster Akt

Schauplatz: Wie geschildert. Es ist kurz vor Mittag. Ein heißer, klarer Tag.

Die Tür von Josies Zimmer öffnet sich, und Josie tritt auf die Stufen hinaus, wobei sie sich bückt, um nicht mit dem Kopf anzustoßen.

Josie ist achtundzwanzig Jahre alt. Ihre für eine Frau ungewöhnliche Größe von ein Meter achtzig, bei einem Gewicht von etwa hundertachtzig Pfund, läßt sie fast monströs erscheinen. Sie hat breite, abfallende Schultern, einen stattlichen Oberkörper mit großen, festen Brüsten, eine umfangreiche Taille, die jedoch im Verhältnis zu ihren Hüften und Schenkeln eher schlank wirkt. Ihre langen, glatten Arme sind außerordentlich kräftig, ohne besonders muskulös zu sein. Dasselbe gilt für ihre Beine.

Sie ist jedem Mann kräftemäßig überlegen, wenn er nicht gerade außergewöhnlich stark ist, und kann für zwei arbeiten. Trotzdem hat sie nichts Männliches an sich. Sie ist durch und durch Frau.

Die irische Abstammung ist ihr ins Gesicht geschrieben – lange Oberlippe, schmale Nase, dichte schwarze Augenbrauen, krause schwarze Haare, die an eine Pferdemähne erinnern, Sommersprossen, sonnengegerbte helle Haut, hohe Wangenknochen und ein energisches Kinn. Das Gesicht ist nicht hübsch, aber die großen dunkelblauen Augen und das charmante Lächeln, das ihre weißen, gleichmäßig gewachsenen Zähne enthüllt, verleihen ihr eine gewisse Schönheit.

Sie trägt ein billiges, ärmelloses blaues Baumwollkleid. Sie ist barfuß, die Fußsohlen sind schmutzverkrustet und voller Hornhaut.

Sie kommt die Stufen hinunter, geht nach rechts zur Hausecke und späht zur Scheune hinüber. Dann eilt sie zur linken Hausecke und wirft einen Blick in Richtung Feld.

JOSIE Na, Gott sei Dank.

Sie geht zu den Stufen zurück, als ihr Bruder Mike von links hinten angelaufen kommt. Mike Hogan ist zwanzig Jahre alt und gut zehn Zentimeter kleiner als seine Schwester. Er ist kräftig gebaut, aber im Vergleich zu ihr wirkt er schmächtig. Er hat ein gewöhnliches irisches Gesicht, dessen Ausdruck zwischen Griesgrämigkeit, Verschlagenheit und blasierter Selbstgerechtigkeit wechselt. Er vergißt nie, daß er ein guter Katholik ist, der sich streng an die Glaubensvorschriften hält, und somit in einer Welt voller Sünder, die aus Protestanten und schlechten Katholiken besteht, zu den Auserwählten des Herrn gehört. Kurz, Mike ist ein neuenglischer-irisch-katholischer Oberpuritaner und geht allen Leuten damit fürchterlich auf die Nerven. Mike trägt einen schmutzigen Overall und ein verschwitztes braunes Hemd. Er hat eine Heugabel in der Hand.

Du mit deiner ewigen Trödelei. Hab ich dir nicht gesagt halb zwölf?

MIKE Wie hätt ich mich denn früher verdrücken können, wo er ständig hinter der Scheunenecke lauert, um mich zu erwischen, wenn ich mal 'ne Minute Pause mache. Ich mußte warten, bis er im Schweinestall war. *Er fügt giftig hinzu.* Da gehört er auch hin, der alte Saukerl!

Josie holt mit verblüffender Geschwindigkeit aus, und ihre große Hand landet auf seiner Wange. Es war nur als Klaps gemeint, aber sein Kopf fliegt zurück, er schwankt und läßt die Heugabel fallen – unterwürfig flehend.

Schlag mich nicht, Josie! Bitte nicht!

JOSIE *ruhig* Dann halt deine Zunge im Zaum. Er ist auch mein Vater, und im Gegensatz zu dir hab ich ihn gern.

MIKE *außerhalb ihrer Reichweite – mürrisch* Ihr paßt zusammen, ihr seid beide von der gleichen Sorte.

JOSIE *gutmütig* Und ich bin stolz drauf. Außerdem hab ich dich nicht geschlagen, sonst lägst du flach auf dem Boden. Das war nur ein liebevoller Klaps, damit du endlich zur Vernunft kommst und deinen Kopf gebrauchst. Wenn er merkt, daß du abhauen willst, prügelt er dich halbtot. Hol

jetzt deine Tasche. Ich hab alles zusammengepackt. Sie steht bei mir im Zimmer neben der Tür, deine Jacke liegt drauf. Los, beeil dich, ich paß auf, was er macht.
Sie läuft nach rechts und späht um die Hausecke. Er geht die Stufen hinauf in ihr Zimmer und erscheint wieder, eine alte Jacke und eine verbeulte, billige Reisetasche in der Hand. Sie kommt zurück.
Die Luft ist rein. *Mike stellt die Tasche ab, um die Jacke anzuziehen.* Ich hab alles eingepackt, auch deinen Sonntagsanzug. Du kannst dich am Bahnhof auf dem Klo umziehen, oder im Zug, und vergiß nicht, dir das Gesicht zu waschen. Du willst doch einen ordentlichen Eindruck machen, wenn du bei unserem Bruder Thomas vor der Tür stehst. *Belustigt, mit spöttischem Unterton* Der hat's zu was gebracht, ein vornehmer Sergeant bei der Polizei in Bridgeport. Vielleicht kann er dich auch da unterbringen. Das wär das richtige für dich. Ich seh dich schon, wie du die Besoffenen in die Zelle sperrst und ihnen 'ne Predigt über Enthaltsamkeit hältst. Und wenn Thomas dir keine Arbeit verschaffen kann, dann schickt er dich zu unserem Bruder John, dem vornehmen Barkeeper in Meriden. Der wird dich schon anlernen. Als Barkeeper würdest du dich bestimmt gut machen, nie in die Kasse greifen, nie einen Tropfen trinken, und immer wenn es gerade lustig wird, den Gästen erzählen, sie hätten genug und sollten besser nach Hause gehen. *Sie seufzt bekümmert.* Ach, Mike, du bist der geborene Betbruder. Ein hoffnungsloser Fall.

MIKE Ja ja, mach dich nur wieder lustig darüber, daß ich ein anständiger Mensch sein will.

JOSIE Du bist schlimmer als anständig. Du bist die Tugend in Person.

MIKE Was man von dir nicht gerade – *Er bricht ab, etwas beschämt, aber hauptsächlich, weil er Angst hat.*

JOSIE *belustigt* Was man von mir nicht behaupten kann? Stimmt, behauptet auch niemand. *Sie lächelt spöttisch.* Ich weiß, was für ein schweres Los du hast, Mike, mit einer Schwester, die in der ganzen Gegend verrufen ist.

MIKE Das hast du gesagt. Ich will nicht, daß wir im Streit auseinandergehen. Und ich werde weiter für dich beten.

JOSIE *schroff* Ach! Zum Teufel mit der Beterei!

MIKE *steif* Ich geh jetzt! *Er nimmt die Tasche.*

JOSIE *besänftigend* Warte. *Sie geht auf ihn zu.* Nimm's mir nicht übel, Mike, ich hab ein loses Mundwerk. Es tut mir leid, daß du gehst, aber glaub mir, es ist das beste für dich. Darum helfe ich dir, wie ich auch Thomas und John geholfen habe. Du kommst gegen ihn genausowenig an wie deine beiden Brüder und müßtest dich ein Leben lang für den alten Sklaventreiber abrackern. Ich wünsch dir nur das Allerbeste, Mike. Ich weiß, du schaffst es – Gott sei mit dir. *Ihre Stimme ist jetzt ganz sanft, sie kneift die Augen zusammen, um die Tränen zurückzuhalten. Sie küßt ihn – dann kramt sie in der Tasche ihres Kleides, holt ein kleines Bündel Eindollarscheine heraus und drückt es ihm in die Hand.* Da hast du 'nen Zuschuß zum Fahrgeld. Ich hab's aus seinem kleinen grünen Beutel genommen – er wird schön toben, wenn er das spitzkriegt! Aber ich werd schon mit ihm fertig.

MIKE *neidisch* Ja, das wirst du. Du bist die einzige. *Für einen Augenblick vor Dankbarkeit gerührt* Danke, Josie, du hast ein gutes Herz. *Dann tugendhaft* Ich nehme nicht gern gestohlenes Geld.

JOSIE Sei kein Esel. Wenn's dein Gewissen beruhigt, sag dir einfach, es ist ein Teil von dem Lohn, den er dir nie gezahlt hat.

MIKE Das stimmt, Josie. Das Geld steht mir rechtmäßig zu. *Er stopft es in die Jackentasche.*

JOSIE So, jetzt mach dich auf die Socken, damit du nicht den Zug verpaßt. Und denk dran, daß du in Bridgeport aussteigen mußt. Grüß Thomas und John von mir. Nein, laß es. Sie haben mir seit Jahren nicht geschrieben. Gib ihnen einen Tritt in den Hintern.

MIKE Schöne Ausdrücke für 'ne Frau. Du redest genauso ordinär wie der Alte.

JOSIE *ungeduldig* Fang nicht wieder an zu predigen, sonst kommst du nie weg.

MIKE Du bist nicht besser als er, jedenfalls nicht viel. Durch seinen Einfluß bist du so geworden – ständig schmiedet er irgendwelche Pläne, wie er die Leute reinlegen kann, ihnen einen lahmen Gaul oder 'ne kranke Kuh oder 'ne Sau andrehen kann, die er soweit aufgepäppelt hat, daß sie noch ein, zwei Tage durchhält. Das ist genauso schlimm wie Stehlen, und du hilfst ihm dabei.

JOSIE Klar, warum nicht. Es ist ein Heidenspaß.

MIKE Du solltest heiraten, aus dieser Bruchbude ausziehen und endlich Schluß machen mit deinen schamlosen Männerbekanntschaften. *Er fügt, nicht ohne moralische Genugtuung, hinzu.* Obwohl es schwer sein dürfte, einen anständigen Mann zu finden, der dich jetzt noch nimmt.

JOSIE Ich pfeif auf anständige Männer. Mit denen macht's keinen Spaß, das sind alles trübe Tassen wie du. Selbst den tollsten Mann der Welt würd ich nicht heiraten, um dann ein Leben lang an ihn gebunden zu sein.

MIKE *mit einem listigen Seitenblick* Auch nicht Jim Tyrone?

Sie starrt ihn an.

Aber wenn genug Geld dabei rausspringt, würdest du dich schon an ihn binden, das weiß ich ganz genau. Und er wird bald reich sein, wenn der Nachlaß seiner Mutter geregelt ist. *Sarkastisch* Daran hast du natürlich noch nie gedacht, wie? Erzähl mir nichts, ich hab doch gesehen, wie du ihm schöne Augen machst.

JOSIE *verächtlich* Du meinst also, ich will Jim dazu bringen, mir einen Antrag zu machen?

MIKE Auch wenn's noch so verrückt klingt, vielleicht spekulierst du darauf, daß er dir mal alleine über den Weg läuft, wenn er sturzbetrunken ist – sag, was du willst, ich wette meinen letzten Cent, du hast dir schon was ausgedacht, um ihn dir zu angeln, und der Alte hat dich dazu angestiftet. Vielleicht glaubt er, wenn er dich mit Jim erwischt und Zeugen dabei hat und ein bißchen mit dem Schießeisen nachhilft –

JOSIE *unterdrückt ihre Wut* Du bist ja 'n ganz Schlauer! An deiner Stelle würde ich mir darüber nicht weiter den Kopf zerbrechen.

MIKE Na, dem Alten trau ich jedenfalls alles zu. Und dir auch, Gott möge dir vergeben. Tugend war noch nie deine starke Seite, dir war egal, mit welchem Mann du ausgegangen bist. Du warst immer schamlos bis dorthinaus und sogar noch stolz auf dein schändliches Treiben. Das kannst du nicht abstreiten, Josie.

JOSIE Tu ich gar nicht. *Dann drohend* Und jetzt hältst du besser den Mund. Ich hab mich bisher zusammengenommen, weil wir Lebwohl sagen. *Sie richtet sich auf.* Aber langsam verliere ich die Geduld.

MIKE *hastig* Laß mich ausreden, dann wirst du mir bestimmt nicht mehr böse sein. Ich wollte sagen, ich drück dir die Daumen, daß der Plan gelingt. Ich hasse ihn wie die Pest, diesen Jim Tyrone, mit seinen lateinischen Zitaten, seiner feinen Erziehung auf dem Jesuitencollege, und wie er die Nase rümpft, als wär er sich zu gut, die Schuhe an mir abzuputzen, dabei ist er nichts als ein Saufkopf, der sein Leben lang keinen Handschlag getan hat, außer ein bißchen Theater gespielt, und das auch nur, als sein Vater noch lebte und ihm die Jobs verschafft hat. *Gehässig* Ich bete dafür, daß du ihn kriegst, Josie, und ihm den letzten Dollar aus der Tasche ziehst!

JOSIE *geht drohend auf ihn zu* Noch ein Wort und – *Dann verächtlich* Du miese, kleine Laus, es geschähe dir recht, wenn ich dich weiterquasseln ließe, bis Vater kommt und dich windelweich prügelt. Aber ich tu's nicht, ich bin froh, dich so schnell wie möglich los zu werden. *Schroff* Jetzt hau endlich ab, glaubst du, er bleibt den ganzen Tag bei den Schweinen, du Quasselkopf? *Sie geht nach rechts und späht um die Hausecke – in heller Aufregung.* Da ist er schon, auf dem Weg zur Scheune.

Mike greift entsetzt nach der Tasche, huscht um die Ecke und verschwindet auf dem Pfad, der zu dem Wäldchen hinten links führt. Josie beobachtet die ganze Zeit ihren Vater und merkt nicht, daß Mike bereits weg ist.

Er schaut zur Wiese rüber. Sieht, daß du nicht bei der Arbeit bist. Er kommt angerannt. Gleich ist er da. Jetzt renn um dein Leben! *Sie dreht sich um und sieht, daß Mike verschwunden ist – verächtlich.* Das hätt ich mir denken können. Auf und davon, dieser Hasenfuß! *Sie späht wieder um die Ecke – belustigt, mit Bewunderung in der Stimme.* Und wie er rennt, mein armer alter Vater mit seinen kurzen Beinchen. Flink wie ein Wiesel und wütend wie ein Wespenschwarm! *Sie lacht, geht nach links und wirft einen Blick zum Wäldchen hinüber.* Das war's dann, den wären wir los. Nicht für dich hab ich das Geld gestohlen, Mike, sondern für den kleinen Jungen, der du einmal warst, und den ich großgezogen habe. *Damit ist er verabschiedet. Sie seufzt.* Der Alte wird jeden Moment hier sein. Ich halte mich besser bereit. *Sie greift durch die offene Tür ihres Zimmers und holt einen abgesägten Besenstiel heraus.* Nicht daß ich das nötig hätte, aber so behält er wenigstens seinen Stolz.

Sie setzt sich auf die Stufen, den Besenstiel griffbereit rechts neben sich. In dem Moment kommt ihr Vater, Phil Hogan, von rechts hinten angerannt und stürmt, wild um sich rudernd, mit geballten Fäusten und kampflustiger Miene um die Hausecke. Hogan ist fünfundfünfzig Jahre alt und knapp ein Meter siebzig groß. Er hat einen dicken Hals, kräftige, abfallende Schultern, einen faßartigen Oberkörper, kurze stämmige Beine und große Füße. Die Arme sind kurz und muskulös, die Hände groß und behaart. Er hat einen runden Kopf und schütteres rotblondes Haar. Das Gesicht ist feist, mit Stupsnase, langer Oberlippe, großem Mund und kleinen blauen Augen, die mit ihren ausgeblichenen Wimpern und Brauen ein wenig an ein Schwein erinnern. Er trägt klobige Stiefel, einen schmuddeligen Overall und ein schäbiges, kurzärmeliges Unterhemd. Arme und Gesicht sind sonnengegerbt und voller Sommersprossen. Er hat einen alten, breitkrempigen Strohhut auf, der eher zu einem Ackergaul paßte. Seine Stimme ist schrill, er hat einen breiten irischen Akzent.

HOGAN *bleibt stehen, als er um die Ecke kommt – wutentbrannt* Wo ist er? Hat er sich im Haus versteckt, der faule Sack? Den werd ich mir vorknöpfen! *Er richtet seine Wut gegen Josie.* Und du, hat's dir die Sprache verschlagen, du langes Luder?

JOSIE *mit provozierender Gelassenheit* Hör auf, mich zu beschimpfen, du griesgrämige, alte Hornisse, sonst verlier ich noch die Geduld.

HOGAN Ich scheiß auf deine Geduld, du tramplige Kuh!

JOSIE Lieber 'ne tramplige Kuh, als 'n häßlicher alter Hammel! Setz dich und reg dich ab. Alte Männer sollten nicht in der prallen Mittagssonne durch die Gegend rennen und rumschreien. Du kriegst noch 'nen Sonnenstich.

HOGAN Ich scheiß auf den Sonnenstich! Hast du ihn gesehen?

JOSIE Wen gesehen?

HOGAN Mike! Wen denn sonst, den Papst vielleicht? Er war auf der Wiese, und kaum dreh ich ihm den Rücken zu, verdrückt er sich. *Er sieht die Heugabel.* Da ist ja seine Heugabel! Hör auf mich anzulügen!

JOSIE Ich hab nicht gesagt, daß ich ihn nicht gesehen hab!

HOGAN Versuch nicht, ihn zu verstecken, sonst – Wo ist er?

JOSIE Wo du ihn nie findest!

HOGAN Das wollen wir mal sehen! Ich wette, er hat sich bei dir unterm Bett verkrochen, der feige Hund! *Er geht auf die Stufen zu.*

JOSIE Nein. Er ist weg, wie John und Thomas, um endlich vor dir sicher zu sein, du alter Sklaventreiber.

HOGAN *starrt sie ungläubig an* Soll das heißen, er ist abgehauen und versucht jetzt, allein zurechtzukommen?

JOSIE Ja. Also finde dich damit ab und setz dich erst mal.

HOGAN *verdutzt. Er setzt sich auf den Felsblock, nimmt den Hut ab und kratzt sich am Kopf – knurrend, mit einem gewissen Respekt in der Stimme.* Den Mumm hätt ich ihm nicht zugetraut. *Wieder wütend* Den hätt er von sich aus auch garantiert nicht gehabt, wenn du ihm nicht zugeredet und geholfen hättest, du bist ja ein so gutmütiges Schaf!

JOSIE Fang nicht wieder an rumzuschreien, Vater.

HOGAN *aufbrausend* Und vermutlich hast du mir wieder mal die Tasche geklaut und sie ihm gegeben, wie damals bei Thomas und John.

JOSIE Die gehört mir genauso. Ich hab dir doch geholfen, als du Crowleys das Pferd verkauft und ihnen dabei zusätzlich die Tasche abgeluchst hast? Die ganze Nacht hab ich mir um die Ohren geschlagen, um den Gaul soweit hinzukriegen, daß ihm nicht gleich am ersten Tag bei den Crowleys die Knie wegknicken.

HOGAN *vergißt seine Wut und grinst* Du kannst großartig mit Tieren umgehen, Gott segne dich. Und weißt du noch, wie die zwei Crowleys dann ankamen, um mich zu verdreschen, und wie ich sie beide fertiggemacht hab?

JOSIE *betont schmeichlerisch* Ja. Du bist ein großartiger Boxer. Vor dir würde selbst Jack Dempsey Reißaus nehmen.

HOGAN *äußerst argwöhnisch* Klar doch, aber versuch jetzt nicht, abzulenken und mir Honig um den Bart zu schmieren.

JOSIE Gut. Dann sag ich, wie's wirklich war. Die hatten dich ganz schön in der Mangel, bis ich rausgerannt kam, einen von beiden am Kragen gepackt und an den Schweinestall gedonnert hab.

HOGAN *außer sich* Du lügst! Sie haben mich um Gnade angefleht, bevor du kamst. *Wutentbrannt* Elende Diebin! Du hast meine schöne Tasche geklaut für diesen Einfaltspinsel. Und ich wette, das ist nicht alles. Genau wie damals, als sich Thomas und John aus dem Staub gemacht haben, da hast du mir auch – *Er erhebt sich drohend.* Hör zu, Josie, wenn du das Versteck von meinem kleinen, grünen Beutel entdeckt und mir das Geld gestohlen hast, um es diesem windigen Chorknaben zu geben, dann –

JOSIE *steht auf, den Besenstiel in der Hand* Dann was? Ja, ich hab's getan. Na und? Hör auf mir zu drohen. Wenn du nur den kleinen Finger gegen mich erhebst, kriegst du 'ne Tracht Prügel, die sich gewaschen hat.

HOGAN Ich hab noch nie meine Hand gegen 'ne Frau erhoben – jedenfalls nicht solange ich nüchtern war – aber wenn du jetzt nicht diesen Knüppel hättest – *Erbittert* Auf mir liegt ein Fluch, Gott hat mich mit einer Tochter gestraft, die groß und stark ist wie 'n Bulle, und genauso bösartig und rebellisch. *Plötzlich zwinkert er mit den Augen und grinst bewundernd.* Schau sie einer an, wie sie da steht, mit dem Knüppel in der Hand! So ein verfluchtes Miststück von Tochter gibt es kein zweites Mal in ganz Connecticut! *Er lacht vor sich hin und setzt sich wieder auf den Felsblock.*

JOSIE *lacht, setzt sich auf die Stufen und legt den Knüppel weg* Und so ein verfluchtes Miststück von Vater gibt es auch kein zweites Mal in Connecticut!

HOGAN *holt eine Tonpfeife, ein Stück Tabak und ein Messer aus der Tasche. Er schneidet den Tabak klein und stopft sich die Pfeife – ohne Groll.* Wieviel hast du mir gestohlen, Josie?

JOSIE Nur sechs Dollar.

HOGAN Nur. Gebe Gott, daß dieser Strohkopf irgendeinen gewieften Burschen am Bahnhof trifft, der ihm für sechs Dollar die ganze Bahnlinie andreht. *Brummelt* Mir geht's gar nicht so sehr ums Geld, Josie –

JOSIE Klar, ich weiß. Geld ist dir gleichgültig. Du würdest dem erstbesten Bettler, der dir begegnet, deinen letzten Cent geben – wenn er dir 'n Schießeisen auf die Brust setzt.

HOGAN Mach dich nicht über mich lustig. Du verstehst mich schon. Der Gedanke, daß dieser Einfaltspinsel mein Geld hat, macht mich rasend. Ich trau diesem frommen Esel glatt zu, daß er's nächsten Sonntag in den Klingelbeutel wirft.

JOSIE Ich wußte, wenn du erst mal Dampf abgelassen hast, ist es dir die sechs Dollar wert, ihn ein für allemal los zu sein.

HOGAN *hat inzwischen die Pfeife gestopft* Schon möglich. Ehrlich gesagt, ich hab ihn nie gemocht. *Er streicht an seinem Hosenboden ein Zündholz an und setzt die Pfeife in Brand.* Und Thomas und John auch nicht.

JOSIE *belustigt* Du hast genausoviel Pech mit deinen Söhnen wie ich mit meinen Brüdern.

HOGAN *nachdenklich paffend* Die geraten alle nach der Familie deiner Mutter. Sie war die einzige von der ganzen Bagage, die was taugte, Gott sei ihrer Seele gnädig. Die anderen waren alle so was von fromm, die haben sich nicht mal getraut, 'nen Bissen in den Mund zu schieben, ohne vorher ein Dankgebet zu sprechen. Vor lauter Enthaltsamkeit predigen hatten sie keine Zeit mehr zum Trinken. Und vor lauter Beichten sind sie nicht mal dazu gekommen, die kleinste Sünde zu begehen. *Er spuckt verächtlich aus.* Der reinste Abschaum! Gott sei Dank bist du wie ich und deine Mutter.

JOSIE Ich weiß nicht, ob ich Gott dafür danken soll, daß ich so bin wie du. Eins steht jedenfalls fest, alle Leute sagen, du bist ein alter Halsabschneider und ein ganz ausgefuchster Hund.

HOGAN Ich weiß. Das ist der blanke Neid. Gott vergib ihnen. *Beide lachen vor sich hin. Er zieht gedankenvoll an der Pfeife.* Ich wette, Mike hat dir nicht sonderlich gedankt für deine Hilfe.

JOSIE Oh, er hat sich sehr nett bedankt. Und dann fing er an zu predigen über meine Sünden – und deine.

HOGAN Tatsächlich. *Er platzt heraus.* Warum in Gottes Namen hast du ihn nicht festgehalten, damit ich ihm zum Abschied einen deftigen Fußtritt als väterlichen Segen mit auf den Weg geben konnte?

JOSIE Den hätt er fast von mir gekriegt.

HOGAN Wenn ich daran denke, daß deine Mutter sterben mußte, nur um diesen Blindgänger auf die Welt zu bringen! *Gehässig* Ich hab seitdem keinen Fuß mehr in eine Kirche gesetzt, und werd's auch in Zukunft nicht. *Er macht eine Pause. Mit überraschend sanfter und trauriger Stimme* Eine wunderbare Frau. Kannst du dich an sie erinnern, Josie? Du warst noch ein kleines Ding, als sie starb.

JOSIE Ich kann mich noch gut an sie erinnern. *Mit einem spöttischen, leicht traurigen Lächeln* Sie wußte, wie man dich anpacken muß, wenn du betrunken aus dem Wirtshaus kommst und vor lauter Übermut das ganze Haus abreißen willst.

HOGAN *voller Bewunderung* Ja, das wußte sie, Gott hab sie selig. Ich hab nur ein einziges Mal die Hand gegen sie erhoben – ein kleiner Klaps, weil sie sagte, ich soll mitten in der Nacht nicht so rumgrölen. Im nächsten Moment lag ich auf dem Boden, ich dachte, mich hätte ein Maultier getreten. *Er lacht vor sich hin.* Seit du erwachsen bist, hab ich mit dir den gleichen Ärger. Nicht mal in seinem eigenen Haus kann man tun und lassen, was man will.

JOSIE Sei froh – sonst gäb's kein Haus mehr.

HOGAN *nach einer Pause, in der er seine Pfeife pafft* Was hat dein Bruder, dieser Esel, dir denn gepredigt?

JOSIE Ach, immer dasselbe – daß ich in der ganzen Gegend verrufen bin, weil ich mich ohne Trauschein mit Männern einlasse.

HOGAN *wirft ihr einen seltsam verlegenen Blick zu und sieht dann zur Seite. Während des folgenden Dialoges blickt er sie nicht an – beiläufig.* Dafür soll er in der Hölle schmoren! Aber recht hat er.

JOSIE *trotzig* Na, und wenn schon! Mein Ruf ist mir scheißegal.

HOGAN Stimmt. Du machst, was du willst, und scherst dich einen Dreck um andere.

JOSIE Ja, und das gilt auch für dich, schließlich bist du mein Vater. Also fang nicht an, mir Predigten zu halten.

HOGAN Ich und predigen? Mensch, der Teufel würd 'nen Lachkrampf kriegen. Vergiß es! Ich hab schon lange kapiert, daß man dir deinen Willen lassen muß, weil du dir sowieso keine Vorschriften machen läßt.

JOSIE Ich tu meine Arbeit, verdiene mir mein Brot und hab ein Recht auf meine Freiheit.

HOGAN Die hast du ja. Oder hab ich dir jemals Vorschriften gemacht?

JOSIE Nein. Das hast du nie. Ich hab mich oft gefragt, warum ein Mann wie du, der sich so gerne mit anderen anlegt, meine Ehre nicht zum Vorwand nimmt, aus den Kerlen Hackfleisch zu machen?

HOGAN Ich würde mich ganz schön lächerlich machen, wo sowieso jeder weiß, daß er im Krankenhaus landet, wenn er sich gegen deinen Willen an dich ranmacht. Außerdem hätt ich's gleich mit 'ner ganzen Armee zu tun. Du hast zu viele Verehrer gehabt.

JOSIE *wirft stolz den Kopf zurück – prahlerisch* Weil ich jeden Mann nach kurzer Zeit satt hab und ihm den Laufpaß gebe.

HOGAN Du bist eben von Natur aus schamlos. Aber ehrlich gesagt, mir ist es ganz recht so, obwohl ich das nicht sagen sollte. Wenn du nämlich 'ne anständige Frau geworden wärst, hättest du schon vor Jahren irgendeinen Trottel geheiratet, und ich wär allein und hätte niemand, der mir auf der Farm hilft.

JOSIE *Bitterkeit schwingt in ihrer Stimme mit.* Du denkst immer nur an deinen eigenen Vorteil.

HOGAN *zieht an der Pfeife* Was hat mein Prachtjunge Mike sonst noch gesagt?

JOSIE Ach, er hat wie üblich dummes Zeug gequasselt. Er hat mir den guten Rat gegeben ...

HOGAN *grimmig* Wie reizend! Der und seine guten –

JOSIE Ich soll heiraten und 'ne Familie gründen – wenn ich einen anständigen Mann finde, der mich noch haben will, was Mike aber für ausgeschlossen hält.

HOGAN *kocht vor Wut* Ich sag dir, Josie, das ist eins der traurigsten Kapitel meines Lebens, daß ich ihm zum Abschied nicht noch eine verpassen konnte.

JOSIE Also wäre meine einzige Hoffnung, mir einen nicht ganz so anständigen Mann zu schnappen, der irgendwann mal zu Geld kommt, das ich ihm dann abgaunern kann.

HOGAN *wirft ihr einen kurzen, prüfenden Blick zu – beiläufig* Hat er damit Jim Tyrone gemeint?

JOSIE Ja. Und diese miese, kleine Laus hat uns verdächtigt,

einen Plan ausgebrütet zu haben, wie wir Jim in die Falle locken können. Ich soll mich ihm an den Hals werfen, wenn er stinkbesoffen ist, und ihn dazu bringen, mir einen Heiratsantrag zu machen. *Sie fügt hart und verächtlich hinzu.* Das würd doch nie klappen. Die hübschen kleinen Flittchen vom Broadway in New York haben das bestimmt schon alle probiert, und was ist dabei rausgekommen?

HOGAN *wieder mit einem kurzen Seitenblick – beiläufig* Das haben sie mit Sicherheit. Aber das war in der Stadt, da ist er mißtrauisch. Wer weiß, hier auf dem Land ist das vielleicht was anderes, da denkt er an nichts Böses, wenn der Mond am Himmel steht und sein Herz voll Poesie ist, und er sein Quantum Sprit intus hat.

JOSIE *fährt ihn wütend an* Nimmst du Mikes Plan etwa ernst, du alter Hammel?

HOGAN Nein. Ich dachte nur, du willst meine Meinung hören.

Sie sieht ihn argwöhnisch an, aber er verzieht keine Miene und ist scheinbar ganz mit Pfeiferauchen beschäftigt.

JOSIE *wendet sich ab* Und wenn das nicht klappen sollte, sagte Mike, hätten wir noch 'nen anderen Plan, nämlich daß ich Jim dazu kriege, mit mir ins Bett zu gehen, und du tauchst mit Zeugen und einem Schießeisen in der Hand auf, und dann ist er dran.

HOGAN Respekt. Das hat mein Sohnemann aber nicht aus der Bibel, da muß er heimlich was dazugelernt haben.

JOSIE Diese miese Laus!

HOGAN Sag nicht Laus zu ihm. Ich mag zwar keine Läuse, aber eins muß man den Viechern lassen, scheinheilig sind sie nicht.

JOSIE Und er verdächtigt uns glatt, daß wir Jim mit so einem faulen Trick reinlegen wollen!

HOGAN *als würde er sie mißverstehen* Der Trick ist wirklich steinalt. Jeder kennt ihn. Aber er scheint ab und zu trotzdem noch zu funktionieren, vielleicht gerade, weil er so alt ist, und niemand es für möglich hält, daß man es damit überhaupt noch probiert.

JOSIE *sieht ihn ärgerlich an* Schluß jetzt, Vater! Ich weiß nie, ob du Spaß machst oder nicht, wenn du so eine Unschuldsmiene aufsetzt. Ich will nichts mehr davon wissen.

HOGAN *harmlos* Ich dachte, du wolltest meine ehrliche Meinung zu Mikes Vorschlag hören.

JOSIE Ach, halt den Mund! Du willst dich ja nur über mich lustig machen. Du magst Jim und würdest ihn nie mit so einem gemeinen Trick reinlegen, selbst wenn ich's zulassen würde.

HOGAN Stimmt – es sei denn, ich merke, daß er mich selber reinlegen will.

JOSIE Was er nie tun würde.

HOGAN Stimmt, ich kann's mir auch schlecht vorstellen, aber mein Motto ist: Trau keinem übern Weg, nicht mal dir selber.

JOSIE Dazu hast du auch allen Grund. Ich hab dich oft im Verdacht gehabt, daß du nachts heimlich aus dem Bett schleichst und deine eigenen Hosentaschen nach Geld durchwühlst.

HOGAN Ich würd's jedenfalls nicht gemein nennen, wenn er dich zur Frau kriegt.

JOSIE *gereizt* Herr im Himmel, geht das wieder los?

HOGAN Du hast mit dem Heiraten angefangen, ich tu weiter nichts, als das Für und Wider des Falles abzuwägen, wie man so schön sagt. Es ist klar, ihr beide paßt zusammen, einer schlimmer als der andere. Das wär 'ne gute Voraussetzung für 'ne glückliche Ehe, denn ihr hättet euch gegenseitig nichts vorzuwerfen.

JOSIE Jim ist da vielleicht anderer Meinung.

HOGAN Du glaubst, die Heirat wäre seiner Meinung nach nicht standesgemäß? Wenn er so 'ne Einstellung hat, ist er 'n gottverdammter Idiot, denn sein alter Herr, der mit nichts angefangen hat und reich und berühmt geworden ist, hat sich einen Dreck um Stand und Rang gekümmert. Wie oft hab ich ihn auf seinem Land arbeiten sehen, in Klamotten, die ich nicht mal einer Vogelscheuche überhängen würde, und ihm war es völlig egal, was die Leute dazu sagen. *Mit aufrichtiger Bewunderung* Möge er in Frieden ruhen, er war ein wahrer irischer Gentleman.

JOSIE Ja, das war er. Und selbst den hast du übers Ohr gehauen, und ich mußte dir dabei helfen. Ich war noch ein junges Ding, ich erinnere mich genau, du hattest einen Brief von ihm bekommen, in dem stand, sein Verwalter hätte ihm mitgeteilt, daß du mit der Pacht ein Jahr im Rückstand wärst, und er würde sich so was verdammt noch mal nicht bieten lassen und selbst vorbeikommen, um die Sache zu regeln. Ich mußte mich hübsch anziehen, mich kämmen und mir eine Schleife ins Haar binden, dann hast du mich vorgeschickt, um sein Herz zu erweichen. Also bin ich ihm entgegengehüpft, hab einen Knicks gemacht, ihn unschuldig angeguckt, ihn an der Hand genommen und ins Haus geführt, dann hab ich ihm ein Glas vom guten Whiskey angeboten, der eigentlich nicht für Gäste ist, Kulleraugen gemacht und gesagt, er wäre der netteste Mann der Welt, und das grimmige Gesicht, das er für dich aufgesetzt hatte, war im Nu verschwunden.

HOGAN *lacht vor sich hin* Du warst großartig. Du hättest zum Theater gehen sollen.

JOSIE *trocken* Ja, das hat er auch gesagt und in die Tasche gegriffen, einen halben Dollar rausgeholt und mich gefragt, ob du mich dazu angestiftet hättest. Und ich hab gesagt, ja, das hättest du.

HOGAN *mit trauriger Stimme* Ich hätte nicht gedacht, daß du so 'ne elende Verräterin warst – und das schon als Kind.

JOSIE Und dann kamst du ins Zimmer, und bevor er ein Wort rausbringen konnte, hast du gesagt, du würdest die Farm aufgeben, wenn er nicht mit der Pacht runtergeht und das Haus neu streichen läßt.

HOGAN Das hat ihn völlig aus dem Konzept gebracht.

JOSIE Er konnte immerhin noch sagen, daß du das größte Schlitzohr bist, das jemals aus Irland gekommen ist.

HOGAN Das sagte er voller Bewunderung. Dann haben wir

angefangen zu trinken und uns Geschichten erzählt und Lieder gesungen, und als er gehen wollte, waren wir beide so damit beschäftigt, die Engländer zu verfluchen, daß wir das mit der Pacht völlig vergessen hatten. *Er grinst liebevoll.* Er war wirklich ein großartiger Mann.

JOSIE Ja, das war er. Er hat alle deine Tricks durchschaut.

HOGAN Meinst du, das hab ich nicht gewußt? Das war es doch gerade. Ich hab ihm den Spaß gelassen, mich zu durchschauen, dann konnte er nicht mehr so hartherzig sein. Das war der eigentliche Trick.

JOSIE *starrt ihn an* Du Satansbraten hast immer noch einen Trick in der Hinterhand, bei dir weiß man nie, was du wirklich im Schilde führst.

HOGAN Sei nicht so mißtrauisch. Glaub mir, dich hab ich nie übers Ohr gehauen. Du kennst mich zu gut. Aber wir sind vom Thema abgekommen. Wir wollten über Jim reden, nicht über seinen Vater. Ich hab davon gesprochen, daß einiges für 'ne Heirat spräche.

JOSIE *aufgebracht* Du bist heut morgen wohl 'ner Kuh zwischen die Hufe gekommen!

HOGAN Ich hätt nie einen Gedanken daran verschwendet, wenn ich nicht wüßte, daß du 'ne Schwäche für ihn hast.

JOSIE *ärgerlich* Hab ich nicht! Ich mag ihn, wenn du das meinst, aber nur, weil ich gern mit ihm rede. Er ist gebildet und sympathisch und bleibt sogar noch höflich, wenn er einen sitzen hat, und grölt nicht rum und flucht, wie gewisse andere Leute.

HOGAN Du solltest mal sehen, wie deine Augen leuchten, wenn er dir schön tut –

JOSIE *schroff* Höchstens meine Hühneraugen! *Verächtlich* Als nächstes behauptest du noch, ich wär in ihn verliebt!

HOGAN *überhört das* Außerdem spricht dafür, daß er dich ebenfalls mag.

JOSIE Weil er in letzter Zeit öfter mal vorbeikommt? Klar, wenn er die Besoffenen im Wirtshaus satt hat und mit dir rumblödeln will – bestimmt nicht meinetwegen.

HOGAN Ich will doch nur dein Bestes, deswegen rate ich dir, deinen Grips zu benutzen, um ihn dir zu angeln, wenn's irgendwie geht.

JOSIE *spöttisch* Ja, wenn!

HOGAN Na ja, wär schließlich nicht der erste, der bei dir anbeißt.

JOSIE *prahlerisch* Mag sein. Aber das heißt noch lange nicht –

HOGAN Du solltest dich heute abend mit ihm verabreden, wenn der Mond so schön am Himmel steht, und sein Herz mit Poesie und Sehnsucht erfüllt und –

JOSIE Schon wieder dieser schmutzige Plan von Mike.

HOGAN Was hat das mit Mike zu tun! Darauf sind doch alle Frauen aus, seitdem die Welt besteht. Sonst gäb's keine Menschen. *Eindringlich* Jedenfalls kann ein Versuch nie schaden.

JOSIE Aber nützen wird es auch nichts. *Bitter* Für wie blöd hältst du mich eigentlich? Du weißt genausogut wie ich, Vater, was für ein häßliches Monstrum ich bin, und daß die Männer, die mich wollen, lauter Hornochsen sind. Wenn Jim erst seine Erbschaft macht, kann er jedes Mädchen vom Broadway kriegen – auch die kleinen Tänzerinnen, die sich so hübsch schminken. Solche Frauen mag er.

HOGAN Aber bisher hat er noch keine von denen geheiratet. Vielleicht mag er zur Abwechslung mal 'ne große stattliche Frau, die was hermacht, die hübsche Augen hat, schönes Haar, gesunde Zähne und ein strahlendes Lächeln.

JOSIE *geschmeichelt – mit Spott in der Stimme* Danke für die Blumen. Jetzt bin ich sicher, daß du heute morgen 'ner Kuh unter die Hufe gekommen bist.

HOGAN Wenn du glaubst, Jim wüßte deine Vorzüge nicht zu schätzen, hast du dich schwer getäuscht.

JOSIE Hat er das gesagt? *Plötzlich wutentbrannt* Hör auf, mir was vorzulügen!

HOGAN Reg dich nicht auf. Ich sag ja nur, er wär vielleicht 'ne gute Partie für dich.

JOSIE *verächtlich* Das soll 'ne gute Partie sein? 'n Mann, der Nacht für Nacht besoffen ist? Nein, danke!

HOGAN Na, ich bin sicher, du bist stark genug, ihm das auszutreiben. 'ne kleine Kostprobe von dem Knüppel da, wenn er nachts sternhagelvoll nach Hause kommt, und in ein paar Wochen ist er einer von diesen widerlichen Enthaltsamkeitsaposteln.

JOSIE *ernsthaft* Das stimmt, wenn ich seine Frau wäre, würde ich schon dafür sorgen, daß er sich nicht zu Tode säuft, und wenn ich ihn umbringe. *Dann wütend* Ach, ich hab dein dummes Geschwätz satt, Vater! Laß mich in Ruhe!

HOGAN Na schön, ich werd's mal anders ausdrücken. Willst du mir etwa weismachen, daß dich das Vermögen, das er erben wird, nicht reizt?

JOSIE *ärgerlich* Darauf hab ich gewartet. Genau dasselbe hat Mike auch gesagt. Endlich kommen wir zur Sache. Das steckt also hinter deinem ganzen Gefasel, von wegen daß ich ihn mag und er mich. *Ihr Tonfall ändert sich – trotzig.* Also gut. Natürlich reizt mich das Geld. Wen nicht? Und warum sollte ich's nicht nehmen, wenn ich's kriegen kann. Früher oder später luchst es ihm doch jemand ab. Er wird wieder zurückgehen, zu seinem heißgeliebten Broadway, und die hübschen kleinen Flittchen und die Schmarotzer aus den Bars und die Buchmacher von den Rennplätzen und die ganzen Spieler stürzen sich auf ihn und nehmen ihn aus wie 'ne Weihnachtsgans. Ich bin weiß Gott kein Engel, aber verglichen mit diesem Gesindel bin ich wirklich ein anständiger Mensch.

HOGAN *eifrig* Gott sei Dank, endlich mal 'n vernünftiges Wort. Und wo ein Wille ist, ist auch ein Weg. Du und ich, wir sind doch immer gut dabei gefahren, wenn wir unseren Grips angestrengt haben. Ich werd mir was überlegen, überleg du dir auch was.

JOSIE *mit einem unangemessenen Wutausbruch* Fällt mir nicht ein! Und behalte deine verrückten Pläne gefälligst für dich. Ich will nichts mehr davon hören.

HOGAN *als wäre er ebenfalls wütend* Wie du willst. Der Teufel soll dich holen! Das ist alles, was ich dazu sag. *Er hält inne, dann wendet er sich ihr zu – sehr ernsthaft.* Nur eins noch. *Als sie ihm über den Mund fahren will – scharf* Ich mein's ernst, und du solltest jetzt besser zuhören, weil es um die Farm geht, um unser Zuhause.

JOSIE *sieht ihn erstaunt an* Was ist mit der Farm?

HOGAN Auch wenn wir hier seit zwanzig Jahren leben, vergiß nicht, daß wir nur Pächter sind und jederzeit vor die Tür gesetzt werden können. *Rasch* Ich will damit nicht sagen, daß Jim jemals so was tun würde, Pacht hin oder her, und auch die Testamentsvollstrecker würden es nie tun, selbst wenn sie wollten, was nicht der Fall ist, weil sie sowieso keinen anderen Pächter finden würden.

JOSIE Warum machst du dir dann Sorgen?

HOGAN Weil ich in letzter Zeit die Befürchtung habe, daß Jim, sofort wenn das Testament in Kraft tritt, die Farm verkaufen wird.

JOSIE *aufgebracht* Natürlich wird er das! Er hat uns doch hoch und heilig versprochen, daß du sie für die geringe Summe, die du ihm geboten hast, kaufen und in kleinen Raten abzahlen kannst.

HOGAN Jim verspricht einem alles, wenn er blau ist. Und beim nächsten Rausch vergißt er sein Versprechen wieder.

JOSIE *empört* Das würde er nie! Und wer will schon die Farm außer uns? In all den Jahren hat sich nie jemand –

HOGAN Doch, erst kürzlich. Jim hat mir erzählt, sein Verwalter hätte letzten Monat ein Angebot gekriegt, höher als meins.

JOSIE Ach, Jim wollte dich nur ein bißchen in Rage bringen. Er hat dich auf den Arm genommen.

HOGAN Hat er nicht. Da bin ich mir sicher. Er sagte, er hätte seinen Verwalter beauftragt, jedem Interessenten zu sagen, die Farm wäre nicht zu verkaufen.

JOSIE Na, also. Hat er erzählt, von wem das Angebot kam?

HOGAN Das wußte er nicht. Es lief über einen Grundstücksmakler, der den Namen seines Klienten nicht nennen wollte. Ich hab hin und her überlegt, wer's sein könnte, aber mir ist keiner eingefallen, der verrückt genug wäre, außer es handelt sich um so einen vertrottelten Millionär, der sich einen großen Besitz zusammenkaufen will, wie vor Jahren unser reizender Nachbar, Harder, dieser Gauner von der Standard Oil. *Er fügt bitterböse hinzu.* In der Hölle soll er schmoren und sein Oberaufseher, dieser Scheißengländer, mit ihm!

JOSIE Amen. *Dann verächtlich* Dieses armselige Stück Land? Und wenn's das Angebot wirklich gab, hat Jim abgelehnt, damit ist die Sache erledigt. Er würde nie darauf eingehen, nachdem er uns einmal sein Wort gegeben hat.

HOGAN Natürlich nicht – solange er einen klaren Kopf hat. Ich hab nur Angst, daß so was passieren könnte, wenn er im Suff seine bitterbösen Anwandlungen kriegt und daherredet wie die vom Broadway, von wegen, daß Geld das einzige ist, was zählt, und daß man alles und jeden kaufen kann, wenn der Preis stimmt. Du hast es ja selbst schon erlebt.

JOSIE Ja, hab ich. Aber mir kann er nichts vormachen. Er ist nicht hart und rücksichtslos, er tut nur so, um's der Welt heimzuzahlen, wenn er völlig verzweifelt ist – das geht doch jedem mal so!

Er wirft ihr einen kurzen, prüfenden Seitenblick zu, den sie nicht bemerkt.

HOGAN Und die komischen Zustände, die er manchmal mitten im Suff kriegt. Ohne ersichtlichen Grund wird er auf einmal ganz seltsam, macht ein düsteres Gesicht, starrt gequält vor sich hin, als würde in seinem Inneren ein Geist umgehen, und –

JOSIE Ich glaube, ich weiß, was ihn in solchen Momenten überkommt. Die Erinnerung an seine Mutter und der Schmerz über ihren Tod. *Voller Mitleid* Armer Jim.

HOGAN *übergeht das* Und der Whiskey macht ihm dann

etwa soviel aus wie 'ner Ente das Wasser. Er benimmt sich völlig normal, und niemand käme auf den Gedanken, daß was mit ihm nicht stimmt, aber am nächsten Tag stellt sich heraus, er war so weggetreten, daß er sich an nichts mehr erinnern kann. In solchen Momenten hat er schon die verrücktesten Sachen gemacht, die ihm hinterher leid getan haben.

JOSIE *verächtlich* Wie jeder Säufer. Aber er würde nie – *Ärgerlich* Hör zu, ich möchte nicht, daß du Jim ohne Grund verdächtigst.

HOGAN Ich verdächtige ihn nicht. Ich sage nur, daß jemand, der im Suff solche Zustände kriegt wie Jim, nicht immer weiß, was er tut, und wir wären schön blöd, wenn wir nicht mit allem rechnen, ganz egal, wie unwahrscheinlich es auch ist, und uns so gut wie möglich absichern.

JOSIE Wir müssen mit gar nichts rechnen! Und selbst wenn, wie sollten wir uns absichern?

HOGAN Zum Beispiel könntest du besonders nett zu ihm sein.

JOSIE Was meinst du mit besonders nett?

HOGAN Du weißt genau, was ich meine. Aber ich geb dir 'nen Tip. Mir ist nämlich aufgefallen, daß er zwar grinst wie alle anderen Männer, und so tut, als ob es ihm gefällt, wenn du grob und schamlos daherredest, aber er's eigentlich nicht ausstehen kann. Also paß auf, was du sagst.

JOSIE *wirft trotzig den Kopf zurück* Ich rede, wie's mir gefällt. Und wenn's ihm nicht paßt, soll er's bleiben lassen! *Verächtlich* Demnächst soll ich wohl noch die keusche Jungfrau spielen? Darauf würde er bestimmt reinfallen, nach allem, was er im Wirtshaus über mich gehört hat. *Sie steht auf und wechselt abrupt das Thema.* Wir schwätzen dummes Zeug und vertrödeln die Zeit. *Sie bekommt einen harten Gesichtsausdruck.* Aber wehe, er hält nicht sein Wort, ganz egal, wie besoffen er damals war, dann bin ich auf deiner Seite, und wenn's noch so gemein ist, was du ausheckst. *Hastig* Ach, Blödsinn, das bildest du dir ja alles nur ein! Ich glaub dir kein Wort. *Sie nimmt die*

Heugabel. Ich geh jetzt auf die Wiese und mach Mikes Arbeit fertig. Du brauchst keine Angst haben, wir kommen auch ohne seine Hilfe zurecht.

HOGAN Der und eine Hilfe! Ein Schwächling und ein fauler Sack, aber Appetit wie 'ne halb verhungerte Schweineherde! *Als sie gehen will – plötzlich streitlustig* Was, du willst jetzt gehen? Es ist Mittag, wo bleibt mein Essen, du faule Kuh?

JOSIE Steht auf dem Herd, du Streithammel. Geh rein und nimm dir was. Ich hab keinen Hunger. Dein Gequassel hat mich ganz durcheinandergebracht. Ich muß arbeiten, damit ich wieder 'nen klaren Gedanken fassen kann. *Sie wendet sich nach links.*

HOGAN *blickt nach rechts in Richtung Landstraße* Du solltest besser bleiben. Wir kriegen Besuch, und wenn mich nicht alles täuscht, ist es dein Angebeteter.

JOSIE *wütend* Halt die Klappe! *Sie blickt ebenfalls nach rechts. Ihre Gesichtszüge entspannen sich – voller Mitleid.* Schau ihn dir an, wie er den Kopf hängen läßt, wenn er sich unbeobachtet fühlt. Sieht aus, als würd er auf seine eigene Beerdigung gehen. *Dann schroff* Mensch, muß der einen Kater haben! Jetzt hat er uns bemerkt. Schau mal, wie er sich zusammenreißt und sein Grinsen aufsetzt. *Ärgerlich* Ich will ihn nicht sehen. Soll er doch mit dir rumblödeln, spielt doch euer Spielchen um den ersten Schluck Whiskey, das ihr immer wieder so wahnsinnig lustig findet. Das ist sowieso der einzige Grund, warum er kommt. *Sie will wieder gehen.*

HOGAN Läufst du etwa vor ihm weg? Du hast wohl Angst, daß du verliebt bist?

Josie bleibt augenblicklich stehen und dreht sich trotzig um. Er fährt fort.

Geh jetzt rein und wasch dir das Gesicht und mach dich ein bißchen zurecht. Du willst doch einen anständigen Eindruck machen.

JOSIE *wütend* Ich geh rein, aber nur um nachzusehen, ob das Essen nicht angebrannt ist, und wie ich dich kenne, fragst du ihn, ob er was mitessen will, nur um dich bei ihm einzuschmeicheln.

HOGAN Warum auch nicht? Ich weiß verdammt genau, daß er um diese Tageszeit keinen Hunger hat, höchstens Durst.

JOSIE Ach, du gehst mir auf die Nerven, du alter Geizkragen!

Sie geht in ihr Zimmer und schlägt die Tür hinter sich zu. Hogan stopft seine Pfeife neu und tut so, als würde er Tyrones Näherkommen nicht bemerken, obwohl seine Augen erwartungsvoll glänzen. Jim Tyrone erscheint rechts auf dem Weg, der von der Landstraße abgeht. Tyrone ist Anfang vierzig, etwa ein Meter fünfundsiebzig groß, breitschultrig und hat einen stattlichen Oberkörper. Seine von Natur aus schöne Erscheinung ist durch ein ausschweifendes Leben arg in Mitleidenschaft gezogen, er wirkt bleich und schwammig. Trotzdem sieht er immer noch gut aus, obwohl das Gesicht aufgedunsen ist und er Tränensäcke unter den Augen hat. Das schüttere dunkle Haar ist gescheitelt und zurückgekämmt, um eine kahle Stelle zu verdecken. Er hat braune Augen, der Augapfel ist gelblich und von roten Äderchen durchzogen. Die Adlernase verleiht seinem Gesicht einen gewissen mephistophelischen Zug, der durch einen zynischen Gesichtsausdruck noch unterstrichen wird. Aber wenn er lächelt, blitzt der jugendliche und unbekümmerte irische Charme von früher auf – der bestrickende Charme des romantischen und gefühlvollen Tagediebes. Sein Witz und dieser Charme haben ihm seine Anziehungskraft bei Frauen und seine Beliebtheit als Trinkkumpan bei den Männern bewahrt. Er trägt einen teuren, betont auf Taille geschnittenen dunkelbraunen Anzug, maßgefertigte dunkelbraune Schuhe, Seidensocken, ein weißes Seidenhemd, Seidenstecktuch in der Brusttasche und eine dunkle Krawatte. Die ganze Aufmachung erinnert an gewisse gutgekleidete Broadwayspieler, die für Börsenmakler an der Wall Street gehalten werden möchten. Er hat schon einige Muntermacher intus, die ihm über den morgendlichen Kater hinweggeholfen und seine Nerven etwas beruhigt haben. Während des folgenden Dialogs verhalten sich Hogan und er wie Partner bei einem altvertrauten Spiel, in dem jeder die Züge des anderen kennt, das beiden aber immer noch Spaß macht.

TYRONE *kommt näher, bleibt stehen und beobachtet Hogan mit diabolischem Vergnügen. Hogan streicht an seinem Hosenboden ein Zündholz an, setzt die Pfeife in Brand und tut so, als würde er ihn nicht bemerken. Tyrone rezitiert hingebungsvoll.*

»Fortunate senex, ergo tua rura manebunt,
et tibi magna satis, quamvis lapis omnia nudus.«

HOGAN *murmelt* Der Grundbesitzer höchstpersönlich, und ich hab das Schießeisen wieder nicht parat. *Er sieht Tyrone an.* Sprichst du die Messe, Jim? Das war doch Latein, wenn mich nicht alles täuscht. Ich freß 'nen Besen, wenn das keine Beleidigung war!

TYRONE Sehr frei übersetzt heißt es in etwa:
Er ahmt Hogans typischen Tonfall nach.
»Kannst dich glücklich schätzen, alter Halunke, daß du so 'ne schöne Farm hast, auch wenn's nur nackte Felsen gibt.«

HOGAN Der Schluß gefällt mir. Wenn Kühe Steine fressen würden, gäb's hier Milch im Überfluß. *Er spuckt aus.* Man merkt dir doch gleich deine feine College-Erziehung an. Muß für dich 'ne große Hilfe sein beim Umgang mit Huren und Barkeepern.

TYRONE Ja, es ist von unschätzbarem Wert fürs tägliche Leben. Man hat mir mal einen Job als Bürojunge angeboten. Aber dann entdeckten sie, daß mir die Qualifikation fehlte, weil ich kein College-Diplom besaß. Es gab da gewisse Mißverständnisse vor dem Examen.

HOGAN Zwischen dir und den Patres? Das kann ich mir vorstellen.

TYRONE Ich hab mit einem Kommilitonen gewettet, daß ich es schaffe, 'ne Nutte vom Haymarket ins College zu bringen und sie bei den Jesuitenpatres als meine Schwester auszugeben.

HOGAN Und hast du es geschafft?

TYRONE Fast. Es war ein denkwürdiger Tag in den heiligen Hallen der Gelehrsamkeit. Die Studenten wußten alle Bescheid und hielten sich vor Lachen die Bäuche, als ich mein Schwesterlein durchs College führte. Der Pater, der uns begleitete, war anfangs ein wenig mißtrauisch, aber Dutch Maisie – so war ihr Künstlername – war nicht geschminkt, ganz in Schwarz gekleidet, hatte ein halbes Pfund Pfefferminzpastillen gegessen, um ihre Ginfahne zu überdecken, und war allem Anschein nach ein so gottesfürchtiges Geschöpf, daß sein Mißtrauen bald verschwunden war. *Er hält inne.* Ja, es wäre auch alles gutgegangen, wenn sie nicht so ein freches Luder gewesen wäre. Sie hatte ihre eigenen Vorstellungen, wie sie meinen Spaß auf die Spitze treiben könnte. Als sie sich von Pater Fuller verabschiedete, fügte sie mit Unschuldsmiene hinzu: »Jesus, Maria, wie schön ruhig es hier bei Ihnen ist, verglichen mit dieser gottverdammten Sechsten Straße. Hol's der Teufel, am liebsten möchte ich hierbleiben.« *Trocken* Aber sie durfte nicht bleiben und ich auch nicht.

HOGAN *kichert entzückt* Das kann ich mir lebhaft vorstellen. Gott segne Dutch Maisie! Ich hätte sie gern kennengelernt.

TYRONE *setzt sich auf die Stufen – mit verändertem Tonfall* Und wie geht's Eurer Hoheit, dem Herzog von Donegal, an diesem herrlichen Tag?

HOGAN Auch nicht schlechter als sonst.

TYRONE Schuftet und schindet sich ab, wie man sieht.

HOGAN Hat ein armer Mann nicht mal das Recht auf seine Mittagspause, ohne dafür gleich von seinem reichen Grundbesitzer verspottet zu werden?

TYRONE ›Reich‹ ist gut. Das wäre ich erst, wenn du deine rückständige Pacht bezahlst.

HOGAN Eigentlich müßtest du mir was dafür zahlen, daß ich diesen Steinbruch bewirtschafte, der aus unerfindlichen Gründen Farm heißt. *Augenzwinkernd* Aber ich hab gute

Nachrichten für dich, was die kommende Ernte betrifft. Quecken und Disteln gedeihen prächtig, und das Efeu wuchert schöner denn je.

Tyrone lacht. Ohne daß die beiden es bemerken, erscheint Josie in der Tür hinter Tyrone. Sie hat sich zurechtgemacht und ihre Haare gekämmt. Sie lächelt und ihre Gesichtszüge werden weich, als sie Jim lachen hört.

TYRONE Eins zu Null für dich, Phil. Aber sag, wo ist Josie? Ich hab sie doch eben –

HOGAN Sie ist ins Haus gerannt, um sich für dich hübsch zu machen.

JOSIE *fährt schroff dazwischen* Alter Lügner! *Zu Tyrone, ihr Verhalten ist keß und ungezwungen* Hallo, Jim.

TYRONE *macht Anstalten aufzustehen* Hallo, Josie.

JOSIE *legt ihm die Hand auf die Schulter und drückt ihn wieder hinunter* Bleib sitzen. Du weißt doch ganz genau, daß ich keine Dame bin. *Sie setzt sich auf die oberste Stufe – scherzhaft.* Wie geht's meinem guten Jim an einem wunderbaren Tag wie heute? Du siehst gar nicht so mitgenommen aus. Hast wohl schon einen kleinen Abstecher ins Wirtshaus gemacht und dir ein Gläschen zum Aufwachen genehmigt – oder gleich 'ne ganze Flasche.

TYRONE Hab mich schon elender gefühlt. *Sieht mit sarkastischem Blick zu ihr hoch* Und wie geht's meiner jungfräulichen Königin von Irland?

JOSIE Hab ich recht gehört? Deiner? Und schimpf mich nicht Jungfrau. Du ruinierst noch meinen guten Ruf, wenn du solche Lügen über mich verbreitest. *Sie lacht. Tyrone starrt sie an. Sie fährt rasch fort.* Wie kommt's, daß du so früh auf den Beinen bist? Ich dachte, du stehst nie vor Mittag auf.

TYRONE Ich konnte nicht schlafen. Eine von diesen Nächten, wo du fast durchdrehst und der Schnaps dich wachhält, statt – *Er bemerkt, wie sie ihn voller Mitleid anblickt – gereizt.* Aber was soll's?

JOSIE Vielleicht hast du ausnahmsweise mal keine Frau im Bett gehabt? Es ist gefährlich, mit 'ner jahrelangen Gewohnheit zu brechen.

TYRONE *zuckt mit den Achseln* Vielleicht.

JOSIE Was ist denn mit den Flittchen hier in der Stadt los? Ich wette, die vom Broadway in New York würden sich das Geschäft nicht durch die Lappen gehen lassen.

TYRONE *tut so, als würde er gelangweilt gähnen* Vielleicht. *Dann gereizt* Hör schon auf, Josie. Um die Tageszeit bin ich nicht zu Späßen aufgelegt.

HOGAN *der, scheinbar unbeteiligt, alles genau verfolgt hat* Ich hab dir ja gesagt, daß dem Gentleman dein loses Mundwerk nicht gefällt.

JOSIE Dabei wollte ich nur meine Pflichten als Gastgeberin erfüllen und dafür sorgen, daß er sich ganz wie zu Hause fühlt.

TYRONE *starrt sie wieder an* Seit wann interessierst du dich für die Damen vom Fach, Josie?

JOSIE Ach, ich hab mir überlegt, ihrem Verein beizutreten. So ein Leben ist sicher leichter als auf der Farm. *Dann ärgerlich* Du glaubst wohl, ich würde da kein Geschäft machen, weil du die zierlichen Püppchen vorziehst. Aber andere Männer –

TYRONE *mit plötzlichem Widerwillen* Hör um Gottes willen auf so zu reden, Josie! Ich finde es widerlich.

JOSIE *sieht ihn erschrocken an – dann ärgerlich* Was du nicht sagst. *Mit einem aufgesetzten, verächtlichen Grinsen* Hab ich dich etwa schockiert?

Hogan beobachtet die beiden, ihm entgeht nichts, obwohl er scheinbar ganz mit seiner Pfeife beschäftigt ist.

TYRONE *etwas verdutzt und ärgerlich über seine heftige Reaktion – achselzuckend* Nein. Kaum. Vergiß es. *Er lächelt spöttisch.* Sag mal, wer hat dir denn das mit den zierlichen Püppchen erzählt? Das war einmal. Jetzt mag ich's lieber, wenn sie groß und stark und üppig sind, mit schönen prallen Brüsten.

Sie errötet verlegen und ist wütend über ihre Reaktion.

HOGAN Da hörst du's, meine liebe Josie. Deutlicher hätt er's dir wirklich nicht sagen können.

JOSIE *faßt sich wieder* Allerdings. *Sie tätschelt Tyrones Kopf*

– *scherzhaft.* Du bist der charmanteste Lügner, der rumläuft, Jim. Aber trotzdem, danke.

Tyrone wendet sich jetzt an Hogan. Er zwinkert Josie zu.

TYRONE *betont beiläufig* Ich kann es Ihnen nicht verdenken, Mr. Hogan, daß Sie es an einem brütendheißen Tag wie heute so ruhig angehen lassen.

HOGAN *ohne ihn anzusehen. Seine Augen blitzen auf.* Wieso heiß? Ich finde es eher frisch. Legen Sie doch Ihre Jacke ab, Mr. Tyrone, wenn Ihnen zu heiß ist.

TYRONE Einer der schwülsten Tage seit langem. Stimmt's, Josie?

JOSIE *lächelnd* Ja, schrecklich. Du mußt vor Hitze umkommen.

HOGAN Ich finde es ganz und gar nicht schwül.

TYRONE Es trocknet einem das Palatalsegel aus.

HOGAN Was für'n Segel? Egal. So was hab ich nicht. Bei mir ist gar nichts ausgetrocknet. Wenn's bei Ihnen anders ist, Mr. Tyrone, gehen Sie einfach hinters Haus, da ist ein ganzer Brunnen voll mit Wasser.

TYRONE Wasser? Ist das nicht eine Flüssigkeit, mit der sich Leute waschen? Manche Leute jedenfalls.

HOGAN Das hab ich auch schon gehört. Aber mir geht's wie Ihnen, Mr. Tyrone, ich kann's kaum glauben. Die Leute haben keine Kultur. Es muß sich um Ausländer handeln.

TYRONE Wie schon erwähnt, meine Kehle ist ausgetrocknet von dem langen, staubigen Weg, den ich auf mich genommen habe, um Ihre Gastfreundschaft zu genießen.

HOGAN Ich kann mich nicht daran erinnern, Sie eingeladen zu haben. Und was die Straße betrifft, die besteht aus grobem Schotter, kein einziges Staubkörnchen, und vom Wirtshaus ist es nicht weiter als 'ne Viertel Meile hierher.

TYRONE Ich hab dort nichts getrunken. Ich wollte damit warten, bis ich bei Ihnen bin, wo doch jeder weiß –

HOGAN Wo jeder was weiß?

TYRONE Daß Sie im Ruf stehen, ein großzügiger Gastgeber –

HOGAN Die Welt ist voller Lügner. Sie haben also im Wirtshaus nichts getrunken? Dann muß die Luft heute nach Whiskey riechen, obwohl mir das erst nach Ihrer Ankunft aufgefallen ist. Sie haben also dem Alkohol abgeschworen? Wie schön! Ich bitte Sie vielmals um Entschuldigung, daß ich Sie verkannt habe.

TYRONE Seit fünfundzwanzig Jahren will ich dem Alkohol entsagen, aber die Ärzte haben es mir strikt verboten. Es wäre tödlich – bei meinem schwachen Herzen.

HOGAN So so, ein schwaches Herz. Dabei dachte ich immer, es wäre der Kopf. Bloß gut, daß Sie's mir sagen. Ich wollte Ihnen nämlich gerade etwas zu trinken anbieten, aber Whiskey ist das reinste Gift bei –

TYRONE Die Ärzte sagen, es geht um Leben und Tod – ich brauch mindestens 'nen Doppelten als Stimulans, wenn ich mein Herz durch einen Spaziergang in der Mittagshitze überanstrengt habe.

HOGAN Dann gehen Sie zurück ins Wirtshaus und strengen sich noch mal ordentlich an, dann können Sie sich gleich zwei Doppelte genehmigen.

JOSIE *lacht* Was seid ihr nur für Dummköpfe, spielt euer altes Spielchen und amüsiert euch immer wieder königlich dabei.

TYRONE *gibt lachend auf* Hast du jemals erlebt, daß er sich weich kriegen läßt, Josie?

JOSIE Das solltest du allmählich wissen. Wenn du was zu trinken willst, mußt du's ihm schon abkaufen, oder du verdurstest.

TYRONE Aber ich wette, diesmal spendiert er einen.

HOGAN Die Wette gilt.

TYRONE Wenn du die Neuigkeiten gehört hast, die ich dir mitzuteilen habe, wirst du so begeistert sein, daß du die Flasche in Null Komma nichts rausholst.

HOGAN Da müßte ich schon vor lauter Begeisterung überschnappen.

JOSIE *neugierig* Halt die Klappe, Vater. Was für Neuigkeiten, Jim?

TYRONE Ich hab läuten hören, daß eine gewisse hochgestellte Persönlichkeit euch in Kürze ihre Aufwartung machen wird.

HOGAN Schon wieder der Sheriff. Das seh ich an dem zufriedenen Grinsen in deiner Visage.

TYRONE Nein, diesmal nicht. *Er macht eine Pause und läßt die beiden zappeln.*

JOSIE Verdammt noch mal, sag schon wer!

TYRONE Ein weit prominenteres Schlitzohr als der Sheriff – *Höhnisch* Einer der führenden Aristokraten in unserem Land der Freiheit und der Geldschneiderei, dem alle Welt die Stiefel leckt – einer der Könige unserer Republik mit dem erblichen Titel Betrüger von Gottes Gnaden. Kurz und gut, ich spreche von eurem reizenden Nachbarn, T. Stedman Harder, dem unterbelichteten Sprößling von Standard Oil, den ihr, wie ich weiß, beide ins Herz geschlossen habt.

Auf diese Ankündigung folgt eine Pause. Hogan und Josie richten sich auf und ihre Augen funkeln. Aber im ersten Moment können sie ihr Glück nicht fassen.

HOGAN *flüstert ungläubig* Hast du gesagt, Harder kommt uns besuchen, Jim?

JOSIE Das ist zu schön, um wahr zu sein.

TYRONE *beobachtet sie amüsiert* Ja, im Ernst. Der große Mr. Harder trägt sich mit der Absicht, kurz vor dem Lunch auf dem Rückweg von seinem Ausritt hier vorbeizukommen.

JOSIE Woher weißt du das?

TYRONE Von Simpson. Ich hab ihn zufällig im Wirtshaus getroffen.

HOGAN Dieser englische Dreckskerl von Verwalter!

TYRONE Er hat sich halb krank gelacht. Er sagte, er selbst hätte Harder auf die Idee gebracht – hat ihm erzählt, ihr wärt sicher von Ehrfurcht überwältigt, wenn er euch persönlich aufsuchen würde.

HOGAN Überwältigt ist nicht ganz das richtige Wort, was, Josie?

JOSIE Du sagst es, Vater.

TYRONE Diesmal drückt euch sogar Simpson die Daumen. Er kann seinen Boß nicht leiden. Ich soll euch ausrichten, er hofft, daß ihr ihn kaltmacht.

HOGAN *geringschätzig* Dieser Scheißengländer, ich pfeif auf seine guten Wünsche! Mir wär's am liebsten, er käme gleich mit.

JOSIE Man kann nicht alles auf einmal haben. *Zu Tyrone* Wie kommt's, daß Mr. Harder plötzlich geruht, sich mit so armen und bescheidenen Leuten wie unsereins abzugeben?

TYRONE *grinst* So ist's recht, Josie. Immer hübsch bescheiden. Er wird von euch erwarten, daß ihr wißt, wo ihr hingehört.

HOGAN Wird er das? Na, dann. *Mit einem tiefen, glücklichen Seufzer* Das wird ein wunderbarer Tag heute.

JOSIE Was will Harder überhaupt, Jim?

TYRONE Nun, es heißt, er hat einen Eisweiher auf seinem Grund.

HOGAN Ach, darum geht's.

TYRONE Genau, darum. Harder ist sehr daran gelegen, die guten alten herrschaftlichen Bräuche zu bewahren. Er hängt an seinem Eisweiher. Und euer Schweinestall ist ganz in der Nähe.

HOGAN Ja, ein netter kleiner Ausflug für die Schweine.

TYRONE Und aus irgendwelchen Gründen pflegt Harders Zaun immer an derselben Stelle kaputtzugehen.

HOGAN Es ist ein Kreuz mit diesen Zäunen. Man kann sich einfach nicht auf sie verlassen.

TYRONE Simpson sagt, er hätte ihn schon ein dutzendmal repariert, aber am nächsten Morgen wäre er immer wieder kaputt gewesen.

JOSIE Komische Sache! Da muß ein Kobold seine Hand im Spiel haben. Ich kann mir nicht denken, wer so was tun würde. Du etwa, Vater?

HOGAN Nein, keine Ahnung.

TYRONE Simpson schon. Er weiß, daß du es warst, und hat es seinem Herrn und Gebieter erzählt.

HOGAN *geringschätzig* Herrn und Gebieter! Na, das sieht diesen Engländern ähnlich. Brauchen immer 'nen Lord, dem sie in den Arsch kriechen können, diese Sklavenseelen!

TYRONE Der kaputte Zaun lädt jedenfalls deine Schweine dazu ein, ihren kleinen – wie du es zu nennen beliebst – Ausflug zum Eisweiher zu machen, um sich dort behaglich zu suhlen.

HOGAN Na klar, warum auch nicht? Es sind gute amerikanische Schweine, die voller Ehrgeiz stecken und jede Gelegenheit nutzen, die sich ihnen bietet. Ganz wie Harders Vater, dem er sein Geld verdankt.

TYRONE Da bin ich völlig deiner Meinung, aber aus irgendwelchen unerfindlichen Gründen ist Harder nicht davon erbaut, daß sein Eiswasser nächsten Sommer einen kleinen Beigeschmack hat.

HOGAN Der ist ganz schön empfindlich! Hast du gehört, Josie, er ist empfindlich, also laß den Knüppel im Haus. *Er bricht in schadenfrohes Gelächter aus.* Dem Himmel sei Dank, Gott hat mich erhört! Seit Jahren sehne ich mich danach, mal in Ruhe ein Wörtchen mit Mr. Harder zu wechseln. Wie oft ist er hier hochnäsig in seinem dicken, protzigen Automobil vorbeigerauscht, und wie oft ist mir dieser englische Verwalter mit seinen Beschwerden auf die Nerven gegangen? Ich werde ihm einen gebührenden Empfang bereiten!

JOSIE Du meinst wir! Ich hab ihn genauso ins Herz geschlossen wie du.

HOGAN Für diese wunderbare Neuigkeit könnte ich dich küssen, Jim, wenn du nicht so verdammt häßlich wärst. Vielleicht macht Josie das für mich. Die ist härter im Nehmen.

JOSIE Mach ich! Er hat's verdient. *Sie zieht Tyrones Kopf zurück und gibt ihm lachend einen Kuß auf die Lippen. In ihr geht eine Veränderung vor. Sie ist verwirrt, aufgewühlt und gleichzeitig ängstlich und versucht, das mit einem verächtlichen Lachen zu überspielen.* Wo bleibt die Leidenschaft? Da kann ich ja gleich 'ne Leiche küssen.

TYRONE *wirft ihr einen seltsam überraschten Blick zu – spöttisch* So? *Zu Hogan* Und wie steht's jetzt mit dem Whiskey, Phil? Josie soll entscheiden, ob ich was bekomme.

HOGAN Nein, nicht Josie. Sie ist voreingenommen, sie ist verliebt.

JOSIE *wütend* Halt die Klappe, alter Lügner! *Dann schuldbewußt – mit gekünsteltem Lachen* Und red nicht so ein dummes Zeug, du willst dich ja bloß davor drücken, ihm einen Whiskey zu spendieren.

HOGAN *seufzt* Na, meinetwegen. Geh und hol die Flasche und ein kleines Glas, Josie, sonst gibt er ja doch keine Ruhe. Ich dreh mich dann um, damit ich nicht mit ansehen muß, wie er auf meine Kosten trinkt.

Josie steht lachend auf und geht ins Haus. Hogan späht nach rechts in Richtung Straße.

Kurz vor dem Lunch, hast du gesagt? Dann muß er gleich kommen – *Erregt* Bei allen Heiligen, hoffentlich überlegt sich's dieser Stinkstiefel nicht anders!

TYRONE *bekommt allmählich Bedenken* Hör zu, Phil. Übertreib's nicht. Er hat 'ne Menge Einfluß in der Gegend, und wenn du ihn auch nur anrührst, läßt er dich einlochen, das ist so sicher wie das Amen in der Kirche.

HOGAN Für wie blöd hältst du mich?

Josie kommt mit einer Flasche und einem Wasserglas aus dem Haus.

Hör dir das an, Josie, er hat mich davor gewarnt, Harder zu verprügeln – ich werd mir doch an diesem Dreckskerl die Hände nicht schmutzig machen.

JOSIE Als ob wir das nötig hätten. Wir wollen doch nur in aller Ruhe ein Wörtchen mit ihm reden.

HOGAN Na klar. Von Nachbar zu Nachbar.

JOSIE *gibt Tyrone die Flasche und das Glas* Hier, Jim. Bedien dich.

HOGAN *jammernd* 'ne feine Tochter! Ich sag ein kleines Glas, und was bringt sie, 'nen Rieseneimer! *Er grinst Tyrone zu, als dieser sich das Glas vollschenkt, dann wendet er sich mit gespieltem Entsetzen ab.* Das ist 'n Fünfzig-Dollar-Drink.

TYRONE Auf dein Wohl, Phil.

HOGAN Ersticken sollst du dran.

Tyrone trinkt und verzieht das Gesicht.

TYRONE Das beste Rattengift, das ich je getrunken habe.

HOGAN Da siehst du, wie dankbar ich dir bin! Los, gib mir die Flasche. Ein kleiner Schluck kann nicht schaden, um Ihrer Majestät einen unvergeßlichen Empfang zu bereiten. *Er nimmt einen gewaltigen Schluck aus der Flasche.*

JOSIE *sieht nach rechts* Da kommen zwei Reiter auf der Landstraße.

HOGAN Gelobt sei der Herr! Mr. Harder und sein Stallknecht. *Er stellt die Flasche auf den Felsblock.*

JOSIE Das ist McCabe. Ein Verflossener von mir. *Sie wirft Tyrone einen provozierenden Blick zu – dann plötzlich besorgt.* Du gehst jetzt besser ins Haus, Jim. Wenn Harder dich hier sieht, gibt er bestimmt dir die Schuld.

TYRONE Nichts da, Josie. Du glaubst doch nicht im Ernst, das laß ich mir entgehen.

JOSIE Du kannst dich bei mir hinters Fenster setzen und von da alles beobachten. Los jetzt, sei nicht so stur. *Sie faßt ihn unter den Achseln und hebt ihn hoch, als wäre er federleicht – scherzhaft.* Ab in mein hübsches Schlafzimmer. Da bist du gut aufgehoben.

TYRONE *augenzwinkernd* Daran hab ich in letzter Zeit öfter gedacht, Josie.

JOSIE *keß* Na, gezeigt hast du's mir jedenfalls nicht. Komm heute abend einfach vorbei, dann schmusen wir ein bißchen miteinander im Mondschein, und du erzählst mir alles, was du so denkst.

TYRONE Abgemacht. Aber vergiß es nicht.

JOSIE Wenn hier einer was vergißt, dann bist du es. Geh jetzt rein, bevor es zu spät ist. *Sie schiebt ihn hinein und schließt die Tür.*

HOGAN *der beobachtet hat, wie die Besucher näherkommen* Er steigt ab – graziös wie 'ne Vogelscheuche, und sein armes Pferd möchte ihm am liebsten einen Tritt verpassen. Schau mal, wie Mac zu uns rübergrinst. Setz dich, Josie. *Sie setzt sich auf die Stufen, er auf den Felsblock.* Und tu so, als ob du ihn nicht bemerkst.

T. Stedman Harder erscheint von rechts. Die beiden ignorieren ihn, Hogan klopft seine Pfeife in der Hand aus. Harder ist Ende Dreißig, sieht aber jünger aus, da sein Gesicht keine Zeichen von Sorgen, Ehrgeiz und sonstigen Unbilden des Lebens aufweist. Seine vier Studienjahre waren für ihn die bedeutungsvollste Zeit seines Lebens und werden es immer bleiben, und die Erfüllung aller seiner Träume war die Aufnahme in die exklusive Seniorenschaft der Ivy-Universität, der sein Vater Millionen gestiftet hatte. Von jenem Tag an gab es für ihn kein erstrebenswertes Ziel mehr, nur noch das Bedürfnis, sich auf einem eigenen Landsitz niederzulassen und das Leben eines Gutsherren zu führen, der sich leidlich für Reitpferde und ausländische Sportautos interessiert. Er ist nicht der Typ des Millionärserben, der den Playboy markiert und mit seinen höchst albernen Streichen Schlagzeilen macht. Er trinkt nicht viel, außer bei den Klassentreffen, die jedes Frühjahr stattfinden und für ihn das aufregendste Ereignis des Jahres darstellen. Er gibt keine wilden Parties, stellt keinen Revuegirls nach und ist ein halbwegs zufriedener Ehemann und Vater von drei Kindern. Er ist kein unangenehmer Mensch, umgänglich, sieht durchschnittlich gut aus, ist sonnengebräunt, gesund und neigt zur Fülle, ist von Natur aus lethargisch, schlichtweg unreif und ein bißchen dumm. Von Geburt an verhätschelt, jeder Sorge und Anstrengung enthoben, wegen seines Reichtums hofiert, hat er sich eine selbstbewußte Haltung zugelegt, die Überlegenheit ausdrückt, er wird aber anmaßend und unsicher, wenn er Menschen begegnet, die nicht seinen Kreisen angehören. Er trägt eine maßgeschneiderte Tweedjacke, Reithosen aus schräggeripptem Kammgarn, makellos polierte englische Reitstiefel mit Sporen und hält eine Reitpeitsche in der Hand.

Man kann sich schwerlich jemand vorstellen, der für eine Auseinandersetzung mit den Hogans schlechter gerüstet wäre. Mit Menschen von ihrem Schlag ist er nie in Berührung gekommen. Die Voraussetzungen für ihn sind denkbar ungünstig, zumal er sehr bedächtig redet, eine langsame Auffassungsgabe besitzt und keinen Sinn für Humor hat. Die bewährte Strategie der Hogans bei Wortgefechten besteht darin, sofort die Offensive zu ergreifen und dem Gegner keine Gelegenheit zum Zurückschlagen zu geben. Außerdem sind sie glänzend aufeinander eingespielt und wechseln auf verwirrende Weise das Redetempo, sie können urplötzlich von gellendem Gebrüll auf subtile Beleidigungen umschalten. Und um den Feind noch mehr zu verunsichern, übertreiben sie ihren breiten irischen Akzent.

HARDER *geht auf Hogan zu – steif* Guten Morgen. Ich hätte gern den Mann gesprochen, der diese Farm bewirtschaftet.

HOGAN *mustert ihn von oben bis unten, während seine Schweinsäuglein vor Bosheit aufblitzen* So, hätten Sie? Sie haben bereits mit ihm gesprochen. Und jetzt hopp hopp, sehen Sie zu, daß Sie weiterkommen.
Er wendet sich Josie zu, die Harder anstarrt, als hätte sie eine Kakerlake in ihrer Suppe entdeckt. Harder ist sehr unbehaglich zumute.
So kann's nicht weitergehen, Josie, daß deine verdammte Katze uns hier alles mögliche anschleppt. Dafür hat sie 'ne Tracht Prügel verdient.

HARDER *entschlossen, sich Respekt zu verschaffen – barsch* Sind Sie Hogan?

HOGAN *ausfallend* Für Sie immer noch Mister Philip Hogan. Und das will 'n Gentleman sein!

JOSIE *funkelt Harder an* Was sind das für Manieren, Sie klapperdürrer Jockey? Sind Sie im Stall groß geworden?

HARDER *streitet nicht mit Damen, speziell nicht mit dieser – überhört das* Mein Name ist Harder. *Offensichtlich erwartet er, daß sie beeindruckt sind und sich auf der Stelle entschuldigen.*

HOGAN *verächtlich* Hat Sie hier jemand nach Ihrem Namen gefragt, Sie Hampelmann?

JOSIE Wen interessiert schon, wer Sie sind?

HOGAN Aber wenn Sie einen auf höflich machen wollen, bitte, wir können auch andere Saiten aufziehen. Darf ich Ihnen meine Tochter vorstellen – Miss Josephine Hogan.

JOSIE *mürrisch* Ich will ihn gar nicht kennenlernen, Vater. Ich mag ihn nicht, er hat so ein dummes Gesicht. Außerdem, was soll ich mit 'nem Jockey? Der ist garantiert nichts für 'ne Frau.

Aus ihrem Schlafzimmer ertönt schallendes Gelächter. Harder erschrickt bei dem Gedanken, daß jemand mithört, und wirkt jetzt sehr verunsichert.

HOGAN Ich glaub nicht, daß er ein Jockey ist. Das kommt bloß von der komischen Hose, die er anhat. Und ich wette, wenn du sein Pferd fragst, würde sich rausstellen, daß er nicht mal 'n Cowboy ist. *Zu Harder – hämisch* Jetzt raus mit der Sprache, Jungchen. Stimmt's, daß Sie Ihrem Pferd jedesmal einen Kuß geben, wenn Sie aufsitzen, und es anflehen, bitte, bitte, wirf mich heute nicht ab, Liebling, du kriegst auch 'ne Extraportion Hafer?

Er bricht in brüllendes Gelächter aus und schlägt sich auf die Schenkel. Josie stimmt mit ein, und beide beobachten, wie dieser Schabernack Harder aus dem Konzept bringt.

HARDER *verliert allmählich die Fassung* Hören Sie, Hogan, ich bin nicht hergekommen – *Er will sagen, »um mir Ihre dummen Witze anzuhören«, oder so etwas Ähnliches, aber Hogan schneidet ihm das Wort ab.*

HOGAN *brüllt* Was? Was sagen Sie da? *Er starrt den sprachlosen Harder mit gespielter Verblüffung an, als traute er seinen Ohren nicht.* Sie sind nicht hergekommen? *Er wendet sich Josie zu – flüsternd.* Hast du das gehört, Josie? *Er nimmt den Hut ab und kratzt sich verwundert am Kopf.* Also, das ist mir ein Rätsel. Wie kommt's, daß er dann da ist?

JOSIE Vielleicht hat ihn der Storch gebracht, sollen ja nicht nur freudige Überraschungen sein, die er bringt.

Erneut hört man Tyrones Gelächter aus dem Schlafzimmer.

HARDER *so aus der Fassung, daß er nur noch wütend wiederholen kann* Ich sagte, ich bin nicht hergekommen –

HOGAN *brüllt* Halt! Stop! Aufhören! *Drohend* Jetzt reicht's uns allmählich. Wenn Sie das noch ein drittes Mal sagen, schick ich meine Tochter los, daß sie die Irrenanstalt anruft.

HARDER *vergißt seine guten Manieren* Mir reicht's schon lange, verdammt noch mal!

JOSIE *brüllt* Zügeln Sie Ihr loses Mundwerk! Ich dulde solche Ausdrücke nicht in meiner Gegenwart.

HOGAN Ach, laß ihn, Josie. Er hat doch gesagt, er wär nicht hier, dann brauchen wir auch kein Blatt vor den Mund zu nehmen. *Er mustert Harder voller Mitleid und Verachtung.* Na, Sie müssen ja total plemplem sein, wenn Sie uns weismachen wollen, daß Sie Ihr eigener Geist sind!

HARDER *bemerkt jetzt erst die Flasche auf dem Felsblock – bemüht sich nachsichtig zu sein und setzt ein geringschätziges Lächeln auf* Ah, ich verstehe, Sie sind betrunken. Ich werde ein anderes Mal wiederkommen, wenn Sie nüchtern sind oder Simpson schicken – *Er wendet sich ab, froh, einen Grund zu haben, verschwinden zu können.*

JOSIE *springt auf und geht drohend auf ihn zu* Halt! Hiergeblieben! Erst entschuldigen Sie sich für die Beleidigung – einer Dame zu unterstellen, so früh am Tag betrunken zu sein – sonst werde ich Ihnen ein bißchen Anstand einbleuen!

HARDER *hat jetzt wirklich Angst* Ich – ich hab nicht von Ihnen gesprochen –

HOGAN *steht auf und tritt zwischen sie* Laß gut sein, Josie. Er hat's nicht so gemeint. Dieser arme Bekloppte weiß nicht, was er sagt. *Zu Harder – voller Mitleid* Und jetzt sei schön brav und lauf nach Hause, ehe dich dein Wärter vermißt.

HARDER *hastig* Guten Tag. *Er wendet sich eilig nach rechts, aber plötzlich hält Hogan ihn an der Schulter fest, wirbelt ihn herum und packt ihn am Kragen.*

HOGAN *grimmig* Nicht so eilig, mein Jungchen. Erst reden wir ein Wörtchen miteinander, wenn's recht ist. Langsam geht mir ein Licht auf. Sagtest du nicht gerade was von Simpson, diesem Scheißengländer? Jetzt weiß ich, wer du bist.

HARDER *außer sich* Lassen Sie mich los, Sie betrunkenes Subjekt. *Er hebt die Reitpeitsche.*

JOSIE *packt sie und reißt sie ihm mit einem kräftigen Ruck aus der Hand – wild* Was, Sie wollen meinen armen, alten, gebrechlichen Vater schlagen, Sie Feigling?

HARDER *ruft um Hilfe* McCabe!

HOGAN Glaub ja nicht, daß McCabe dich hört, da kannst du dir die Seele aus dem Leib schreien. McCabe weiß ganz genau, daß Josie oder ich ihn mit links fertigmachen. *Scharf* Josie, stell dich da auf den Weg.

Josie geht zu der Stelle, wo der Pfad auf den Weg mündet. Geschüttelt vor unterdrücktem Lachen, kehrt sie ihnen einen Augenblick den Rücken zu und winkt McCabe. Dann dreht sie sich wieder um. Hogan läßt Harder los.

So, versuch ja nicht abzuhauen, sonst kriegst du von meiner Tochter eine Tracht Prügel, daß dir Hören und Sehen vergeht! *Bevor Harder ein Wort sagen kann, fährt er grimmig fort.* Du bist also der reiche Pinkel, dem das Grundstück neben uns gehört? Dich wollte ich schon lange mal besuchen, ich hab nämlich ein Hühnchen mit dir zu rupfen, du elender Tyrann! Aber ich hab's nicht über mich gebracht, meinen Fuß auf ein Stück Land zu setzen, das mit dem Geld von Standard Oil zusammengekauft wurde – diese Saubande, die die kleinen Leute auspreßt wie die Zitronen und dann mit der Stiefelspitze im Staub zerquetscht – Land, das mit den Tränen hungernder Witwen und Waisen getränkt ist – *Er wechselt abrupt den Tonfall – sachlich.* Aber lassen wir das. Hat keinen Zweck, einen geborenen Gauner wie dich zu bekehren. *Sein schmutzi-*

ges, unrasiertes Gesicht berührt jetzt fast Harders Gesicht – wild. Nur eins möchte ich wissen. Was zum Teufel soll das, daß du Nacht für Nacht deinen Zaun einreißt, um meine armen Schweinchen dazu zu verführen, sich in deinem Eisweiher den Tod zu holen?

Eine Lachsalve kommt aus Josies Zimmer, und Josie krümmt sich und hält sich die Seiten. Harder ist von dieser dreisten Anschuldigung so verblüfft, daß er keinen Ton herausbringt. Aber Hogan tut so, als hätte er widersprochen – hitzig.

Lüg mich nicht an! Und komm mir nicht mit deinen Standard-Oil-Ausreden, sonst reiß ich dir den Kopf ab, Gott ist mein Zeuge! Jeden Morgen hab ich den Zaun repariert und jedesmal die Fußspuren gesehen von der Nacht vorher, wo du hingeschlichen bist, um ihn wieder einzureißen. Wie oft hab ich ihn schon repariert, Josie?

JOSIE Ich hab's nicht gezählt.

HOGAN Hör zu, du Millionärsbengel! Ich bin von Natur aus ein friedlicher Mensch, mein Motto ist ›leben und leben lassen‹, und solange mich das Nachbarsgesindel in Ruhe läßt, halt ich's genauso, aber wenn ich dabeistehen soll und mitansehen, wie meine armen kleinen Schweinchen eins nach dem anderen ermordet werden – Josie, wieviel Schweine sind schon in diesem verfluchten Eisweiher erfroren oder an Lungenentzündung verreckt?

JOSIE Zehn Stück, Vater. Und zehn sind an der Cholera gestorben, nachdem sie das schmutzige Wasser gesoffen hatten.

HOGAN Und lauter preisgekrönte Schweine! Man hat mir zweihundert Dollar pro Stück geboten. Zwanzig mal zweihundert, das macht viertausend Dollar. Dazu noch tausend Dollar für die Behandlung der kranken Tiere und die Beerdigungskosten. Also gut, sagen wir viertausend Dollar, und wir sind quitt. *Wutentbrannt* Und die blechst du, oder ich verklage dich, so wahr mir Gott helfe. Ich zerre dich vor jedes Gericht im Land! Ich werd deine häßliche Visage auf die Titelseiten aller Zeitungen bringen, zusammen mit der Schlagzeile ›Der schweinemordende Tyrann‹. Wenn ich mit dir abgerechnet hab, kommst du dir vor wie der König von England, der sich auf eine irische Totenfeier verlaufen hat! *Er wechselt abrupt das Sprechtempo und schlägt einen vertraulichen Ton an.* Aber sag mir bloß eins, wenn's kein Geheimnis ist, warum hast du so einen abgrundtiefen Haß auf Schweine? Ich meine, es gibt doch auch für einen Standard-Oil-Menschen keinen vernünftigen Grund, seine Wut an Säuen auszulassen.

HARDER *bringt nur die drei Worte heraus* Mir reicht's jetzt –

HOGAN *grinst* Das glaub ich dir gerne! *Er schaltet wieder auf Wut und packt Harder am Kragen.* Jetzt paß mal gut auf! Bleib da, wo du hingehörst, und gewöhn's dir ab, große Töne zu spucken, wenn du zu Leuten kommst, die mehr auf dem Kasten haben. Du sitzt jetzt nicht in deinem protzigen Automobil und reckst die Nase hoch in die Luft, damit du die armen Leute nicht riechen mußt. *Er schüttelt ihn.* Und noch eine Warnung! Ich hab schon, weiß Gott, genug am Hals mit dieser Geröllhalde, die irgendein Witzbold mal Farm genannt hat. Dazu ein Halsabschneider von Verpächter, der einem den letzten Tropfen Whiskey wegsäuft, gar nicht zu reden von den Disteln, Zekken, Kartoffelkäfern, Schlangen und Stinktieren. Aber irgendwo gibt's 'ne Grenze! Und die gilt, verflucht noch mal, auch für einen Standard-Oil-Menschen! Also, würdest du jetzt gefälligst hier verschwinden, sonst kriegst du einen Tritt in den Hintern, daß du im Atlantik landest! *Er gibt Harder einen Schubs.* Los, verzieh dich!

Harder versucht, ihn seine Verachtung spüren zu lassen und sich würdevoll zurückzuziehen. Aber er muß an Josie vorbei.

JOSIE *glotzt ihn idiotisch an* Na, willst du mir nicht zum Abschied noch was Nettes sagen, Schätzchen? Bin ich jetzt nicht mehr gut genug für dich, wo du deine Jockeyhose anhast. *Mit heiserem Raunen* Dann bis heute abend, wie immer unten am Schweinestall.

Harders Rückzug wird zur wilden Flucht. Sobald er aus dem Blickfeld verschwindet, ertönt seine wutbebende Stimme.

HARDER *drohend* Wenn Sie es wagen sollten, den Zaun noch mal anzurühren, übergebe ich die Sache der Polizei!

HOGAN *brüllt höhnisch* Und ich übergeb sie meinem Anwalt und der Presse! *Er ist außer sich vor Vergnügen.* Schau nur, wie er sich auf seinen Gaul schwingt und dem armen Tier die Sporen gibt! Und McCabe hinter ihm, der kann sich vor Lachen kaum im Sattel halten! *Er schlägt sich auf die Schenkel.* Himmelarsch, das ist ein großer Tag für die Armen und Geknechteten! Ich tu heute keinen Handschlag mehr, ich geh runter ins Wirtshaus und sauf mir die Hucke voll, und wenn es mich meinen letzten Cent kostet!

JOSIE Nichts dagegen einzuwenden. Du hast es verdient. Aber iß erst was, damit du eine Grundlage hast. Los, komm.

Sie wenden sich zum Haus. Erneut ertönt Tyrones schallendes Gelächter. Josie lächelt.

Der kann sich immer noch nicht einkriegen. Das tut gut, den mal von Herzen lachen zu hören.

Tyrone erscheint in ihrer Zimmertür.

TYRONE O Gott, mir tut alles weh.

Sie lachen. Er geht zu den beiden, die rechts an der Hausecke stehen.

JOSIE Jetzt gibt's Mittagessen. Willst du auch was, Jim? Ich mach dir 'n paar Eier.

HOGAN Mußt du unbedingt was von Eiern erzählen? Du weißt genau, das ist das einzige, was er womöglich ißt. Na gut, mir ist heute alles recht. *Er holt die Whiskeyflasche.* Komm mit rein, Jim. Wir genehmigen uns einen, während Josie was zu futtern macht. *Sie gehen zur Haustür, Hogan voran.*

TYRONE *plötzlich mit diabolischem Vergnügen* Moment mal. Laß uns erst einen Blick auf diesen höchst wertvollen Besitz werfen. Fällt dir nichts auf, Phil? Jeder Stein hier hat sich in pures Gold verwandelt.

HOGAN So ’n Blödsinn! An meinem Whiskey kann’s nicht liegen, daß du im Delirium bist.

TYRONE Nein, ich bin ganz klar. Die Farm ist plötzlich zu ’ner Goldgrube geworden. Ich hab dir doch neulich von dem Angebot erzählt. Also, mein Verwalter hat ein bißchen Detektiv gespielt und rausgefunden, daß Harder dahintersteckt. Es geht ihm gar nicht um das verdammte Stück Land, aber gegen dich als Nachbar hat er was, und er hat sich wahrscheinlich gedacht, daß er dich am ehesten los wird, wenn er die Farm kauft.

HOGAN Dieses hinterlistige Stinktier! Schade, daß ich ihm keinen Tritt in den Hintern gegeben habe.

TYRONE Ja, schade. Das hätte den Wert des Objekts noch gesteigert. Aber du hast ja deine Sache sehr gut gemacht. Ich wette, er verdoppelt oder verdreifacht sein Angebot. Der bezahlt jetzt jeden Preis.

HOGAN *wirft Josie einen vielsagenden Blick zu* Verstehe. Aber du hältst natürlich dein Versprechen, da machen wir uns keine Sorgen – auch wenn der Preis noch so hoch ist.

TYRONE Versprechen? Was für ein Versprechen? Weißt du, was Kipling gesagt hat?
Er paraphrasiert das ›Gedicht der Drei Matrosen‹.
Nördlich von zehntausend Dollar gilt kein Versprechen, weder vor Gott noch vor den Menschen.

HOGAN Da hast du’s, Josie! Dem können wir nicht trauen.

JOSIE Ach, der macht nur Spaß.

HOGAN Na, ich hab da meine Zweifel.

TYRONE *hinter seinem lockeren Tonfall steckt eine Spur Bitterkeit* Da bist du gut beraten, Phil. Vertrau keinem, sonst bist du geliefert. Wenn ich du wäre, würd ich mir auch Sorgen machen. Ich wollte schon immer eine Goldgrube besitzen – um sie zu Geld zu machen.

JOSIE *platzt heraus* Hör auf mit dem dummen Geschwafel, du bist hier nicht am Broadway!

TYRONE *starrt sie überrascht an* Warum plötzlich so empört? Gerade hast du deinem schlitzohrigen alten Herrn erzählt, daß ich nur Spaß mache. *Zu Hogan* Jetzt hab ich dich endlich da, wo ich dich haben wollte, Phil. Wir müssen uns nämlich mal ernsthaft darüber unterhalten, wann du die rückständige Pacht bezahlst.

HOGAN *stöhnt* Ein Verpächter, der einen erpreßt! Heiliger Strohsack, wo soll das hinführen?

Josie lächelt jetzt erleichtert.

TYRONE Und du, Josie, bitte denk dran, wenn ich heute abend zu unserem Mondscheinrendezvous komme, erwarte ich, daß du besonders nett zu mir bist.

JOSIE *keck* Na, mich brauchst du bestimmt nicht erpressen. Für dich tu ich doch alles.

HOGAN Schämst du dich nicht, meiner Tochter zweideutige Angebote zu machen, und das in meiner Gegenwart? *Dann philosophisch* Na ja, was soll ich machen? Ich werd besoffen im Wirtshaus sitzen und es sowieso nicht verhindern können. *Er geht die Stufen hinauf.* Laßt uns was essen. Ich bin am Verhungern. *Er verschwindet im Haus.*

JOSIE *ergreift linkisch Tyrones Hand – munter* Komm jetzt, Jim.

TYRONE *lächelt spöttisch* Hast du Angst, daß ich weglaufe? Tolle Aussicht! *Sein Blick heftet sich auf ihre Brüste – gefühlvoll.* Du hast die schönsten Brüste der Welt, weißt du das, Josie?

JOSIE *erfreut, aber schüchtern* Nein – aber ich bin froh, wenn du das – *Dann rasch* Ich hab jetzt keine Zeit für deine Späße, mein alter Vater wartet nicht gerne auf sein Mittagessen. Also, komm schon. *Sie zieht ihn hinter sich her die Stufen hinauf. Ihre Stimme klingt jetzt ernstlich besorgt.* Versprich mir, daß du was ißt, Jim. Du mußt was essen. So kann's nicht weitergehen, daß du nur trinkst und kaum was ißt. Du bringst dich noch um.

TYRONE *sarkastisch* So ist's recht. Bemutter mich ruhig, Josie, das hab ich gern.

JOSIE *schimpft* Das werd ich auch. Irgend jemand muß sich ja um dich kümmern. *Sie verschwinden im Haus.*

Vorhang

Zweiter Akt

Schauplatz: Wie im ersten Akt, nur daß die vordere Wand des Wohnzimmers fehlt. Eine klare, warme Mondnacht gegen elf Uhr.

Josie sitzt auf den Stufen vor der Haustür. Sie trägt ihre besten Sachen, ein billiges, dunkelblaues Kleid, schwarze Strümpfe und schwarze Schuhe. Ihr Haar ist sorgfältig frisiert, und sie hat sich als Schmuck eine weiße Blume ans Kleid gesteckt. Sie sitzt vornübergebeugt, die Ellbogen auf den Knien, das Kinn auf die Hände gestützt. Ihr Gesicht zeigt einen bisher unbekannten Ausdruck von Trauer, Einsamkeit und Demütigung.

Sie seufzt und steht langsam auf, ihre Glieder sind steif vom langen Sitzen in ein und derselben Haltung. Sie geht ins Wohnzimmer, sucht nach Streichhölzern und zündet die Kerosinlampe auf dem Tisch an.

Das Wohnzimmer ist klein und niedrig, mit vergilbten, fleckigen Tapeten, der Fußboden besteht aus rohen Holzdielen. Das Zimmer ist vollgestopft mit Möbeln, die von einer Versteigerung stammen könnten. In der Mitte des Zimmers steht ein Tisch, daneben ein wackeliger, alter Morris-Lehnstuhl; in der rechten und in der linken hinteren Ecke zwei häßliche Anrichten; dann ein grün gestrichener Schaukelstuhl aus Rohr mit einem Loch in der geflochtenen Sitzfläche; an der Rückwand eine Kommode und zwei Stühle, die rechts und links neben der Tür zur Küche stehen. Der Wecker auf der Kommode zeigt fünf nach elf. Links vorne ist die Tür zu Josies Zimmer.

JOSIE *blickt auf die Uhr – trübsinnig* Fünf nach elf, und gegen neun wollte er hier sein. *In einem Anfall von Wut und gekränktem Stolz reißt sie sich die Blume vom Kleid und wirft sie in die Ecke.* Der Teufel soll dich holen, Jim Tyrone!

Von der Landstraße her hört man einen melancholischen Gesang, der die Stille der Nacht durchbricht. Es ist unverkennbar Hogan, der aus vollem Halse ein altes irisches Klagelied singt. Josie zuckt zusammen, dann runzelt sie die Stirn.

Was treibt den denn schon nach Hause, die Kneipe macht doch erst in einer Stunde zu? Der muß besoffen sein wie noch nie. *Sie hört dem Gesang zu – grimmig.* Da kommt er, voll bis zum Stehkragen! Wenn er wieder zu randalieren anfängt, dann kann er sich aber auf was gefaßt machen! Ich hab keine Lust, mir wegen dem die Nacht um die Ohren zu schlagen.

Sie geht in ihr Zimmer und kommt mit dem Besenstiel zurück. Der Gesang wird lauter, als Hogan sich dem Haus nähert. Er erinnert sich nur noch an eine Strophe des Liedes, die er ständig wiederholt.

HOGAN Oh, sind die Kartoffeln klein,
hier bei uns, bei uns,
oh, sind die Kartoffeln klein,
hier bei uns.
Oh, sind die Kartoffeln klein,
im Herbst da sammeln wir sie ein
und essen sie tagaus, tagein,
hier bei uns, bei uns.

Er erscheint vorne rechts. Er schwankt und torkelt ein wenig, aber er ist nicht so betrunken, wie es scheint. Er gehört zu den Menschen, die ungeheure Mengen vertragen und je nach Belieben entweder sturzbetrunken sind oder, wenn es darauf ankommt, einen klaren Kopf bewahren können. Im Augenblick läßt er sich gehen, und das bereitet ihm großes Vergnügen. Er hört auf zu singen und brüllt streitlustig in Richtung Haus.

Hurra! Nieder mit allen Tyrannen! Ob Mann oder Frau! Zum Teufel mit England! Verflucht sei Standard Oil!

JOSIE *brüllt zurück* Hör auf mit dem Radau, du blöder alter Hammel!

HOGAN *gekränkt und bekümmert* Eine reizende Tochter und ein reizender Empfang, wenn man mitten in der Nacht nach Hause kommt. *Mit aufsteigender Wut* Alter Hammel? Etwas mehr Respekt, wenn ich bitten darf! *Stürzt wütend auf die Eingangstür zu* Blöder Hammel, sagst du? Himmelarsch, dir werd ich Manieren beibringen! *Er hämmert mit der Faust an die Tür.* Mach auf! Mach sofort die Tür auf, sag ich, sonst schlag ich sie zu Kleinholz. *Er tritt gegen die Tür.*

JOSIE Sie ist nicht abgeschlossen, du besoffener alter Trottel! Mach sie einfach auf!

HOGAN *dreht am Türknauf und stampft hinein* Besoffener alter Trottel, sagst du? Redet man so mit seinem Vater?

JOSIE Nein, das ist noch viel zu freundlich.

HOGAN Wird höchste Zeit, daß ich dir 'ne Lektion erteile. Himmelarsch, ich leg dich übers Knie und versohl dir den Hintern, egal, wie groß du bist. *Er springt auf sie zu und will sie packen.*

JOSIE Das möchtest du wohl? Da hast du meine Antwort! *Sie gibt ihm mit dem Besenstielende einen kleinen, aber empfindlichen Schlag auf die Glatze.*

HOGAN *mit übertriebenem Schmerzensgeheul* Aua! *Seine Wut verfliegt, er reibt sich wehleidig den Kopf und jammert.* Gott möge dir vergeben! Was für 'ne Schande, 'ne Tochter großgezogen zu haben, die nur mutig ist, wenn sie einen Knüppel in der Hand hat.

JOSIE *legt den Besenstiel auf den Tisch – grimmig* So, jetzt hab ich keinen Knüppel mehr.

HOGAN *ausweichend* Ich hätte nie gedacht, daß ich so was noch erleben muß! Die eigene Tochter ist so feig und bedroht ihren alten Vater, wenn er betrunken ist und sich nicht wehren kann. *Er läßt sich in den Morris-Lehnstuhl plumpsen.*

JOSIE Na, also, das hätten wir mal wieder hinter uns. *Dann wütend* Hör zu, Vater, ich bin sowieso schon geladen, also steh auf, geh in dein Zimmer und leg dich schlafen, sonst pack ich dich und beförder dich eigenhändig ins

Bett und sperr dich ein. Los! Ich mein's ernst! *Tränen der Wut steigen in ihr hoch.* Mir reicht's für heut abend, ich will meine Ruhe haben und schlafen und mich nicht von 'nem alten Saufkopf vollabern lassen.

HOGAN *macht wieder einen völlig betrunkenen Eindruck. Der Kopf wackelt hin und her, er redet unzusammenhängend und mit schwerer Zunge.* So ist's recht, immer streiten. Meine eigene Tochter hat kein bißchen Mitleid mit mir. Als ob ich heut abend nicht schon genug durchgemacht hätte.

JOSIE *voller Empörung* Versuch bloß nicht – *Dann neugierig* Was ist denn passiert? Ich hab mir doch gleich gedacht, daß irgendwas faul ist, wenn du so früh nach Hause kommst. Aber dann dachte ich, vielleicht hat er diesmal den Kanal so voll, daß nichts mehr reingeht. *Mit schneidender Stimme* Ganz so schlimm ist's zwar nicht, aber es fehlt weiß Gott nicht mehr viel.

HOGAN Mach dich nur lustig über mich. Alter Saufkopf! Dir wär auch nicht zum Lachen zumute, wenn – *Er hält inne und brummelt irgend etwas vor sich hin.*

JOSIE Wenn was?

HOGAN Laß nur, laß nur. Ich bin nicht nach Hause gekommen, um mit dir zu streiten, sondern um Trost zu suchen. Und wenn ich auf dem Heimweg gesungen habe, dann nur, weil man manchmal singen muß, um nicht loszuheulen.

JOSIE Du und Heulen!

HOGAN Wart's ab. Du wirst auch heulen, wenn – *Er hält wieder inne und brummelt irgend etwas vor sich hin.*

JOSIE Wenn was? *Aufgebracht* Hör endlich auf, vor dich hin zu lallen und sprich deutlich.

HOGAN *düster* Ach, nichts. Nichts. Laß mich in Ruhe.

JOSIE *wütend* Danke für den guten Rat. Der Teufel soll dich holen! Ich kenn doch deine Tricks. Gar nichts ist passiert. Du willst nur, daß ich aufbleibe und mir dein dummes Geschwätz anhöre. Geh in dein Zimmer, sag ich dir, sonst –

HOGAN Nein. Ich könnte kein Auge zutun, bei den quälenden Gedanken, die mir durch den Kopf gehen. Ich bleib hier sitzen. Geh du ruhig in dein Zimmer und kümmere dich nicht um mich.

JOSIE *schnaubt* Damit du im nächsten Moment wieder zu singen anfängst und die Möbel kurz und klein schlägst.

HOGAN Ich und singen? Machst du dich schon wieder über mich lustig? Ich würde höchstens ein Klagelied anstimmen, oder wie ein alter räudiger Köter den Mond anheulen, wenn ich's könnte, aber ich kann's nicht. Also leg dich schlafen, von mir hörst du keinen Ton. Geh ins Bett und schnarche selig vor dich hin. *Er jammert.* 'ne reizende Tochter! Bei Fremden würd ich mehr Trost finden!

JOSIE Ach, halt in Gottes Namen die Klappe! Von mir aus bleib hier sitzen. Aber ich dreh die Lampe aus, sonst wirfst du sie noch um und brennst das ganze Haus ab. *Sie streckt ihre Hand aus, um die Lampe herunterzudrehen.*

HOGAN *düster* Laß es doch abbrennen, mir doch scheißegal.

JOSIE *die gerade dabei ist, die Lampe auszudrehen, hält inne und starrt ihn verblüfft und beunruhigt an* So hab ich dich ja noch nie reden hören, ganz egal, wie betrunken du warst. *Er brummelt vor sich hin. Ihre Stimme wird eindringlich.* Was ist passiert, Vater?

HOGAN *bitter* Jetzt heißt's auf einmal Vater, wie, und nicht mehr alter Hammel. Womit hab ich das verdient? *Voller Sarkasmus* Oh, nichts ist passiert, gar nichts. Nicht der Rede wert. Dafür würd ich nie deine kostbare Zeit in Anspruch nehmen und dir deinen wohlverdienten Schlaf rauben.

JOSIE *wütend* Du alter Trottel! Jetzt reicht's mir aber! Schlaf deinen Rausch aus, damit du wieder zur Vernunft kommst. *Sie streckt wieder die Hand nach der Lampe aus.*

HOGAN Schlafen! Wir werden ja sehen, ob du noch ruhig schlafen kannst, wenn du erfährst, daß – *Er brummelt wieder betrunken vor sich hin.*

JOSIE *starrt ihn wieder an* Wenn ich was erfahre?

HOGAN *brummelt* Dieser Scheißkerl!

JOSIE *bemüht sich, einen unbeschwerten Tonfall anzuschlagen* Davon gibt's jede Menge hier in der Gegend, wen meinst du damit – Harder?

HOGAN *düster* Das ist einer der schlimmsten, aber den mein ich diesmal nicht. Denn eins muß man dem Kerl lassen, bei dem weiß man, woran man ist. Er ist kein Wolf im Schafspelz, keine heimtückische Schlange, die im Gras lauert und dir von hinten das Messer zwischen die Rippen stößt –

JOSIE *jetzt besorgt – versucht, einen Witz daraus zu machen* Na, wenn du 'ne Schlange findest, die Messer werfen kann, gehst du besser zum Zirkus, mit so 'ner Nummer kannst du 'n Heidengeld verdienen.

HOGAN *bitter* Mach nur deine Witze, Gott möge dir vergeben! Das Lachen wird dir bald vergehen! *Er brummelt vor sich hin.* Tut so, als wär er unser Freund, der falsche Fuffziger!

JOSIE *fährt zornig auf* Meinst du etwa Jim Tyrone?

HOGAN Ganz recht. Nimm ihn bloß nicht in Schutz, du dämliches Frauenzimmer! 'ne blöde Gans bist du, hast dich ins Bockshorn jagen lassen. Glaubst ihm jedes Wort und wartest stundenlang auf ihn in deinen besten Sachen, wie 'n Schaf, ohne Stolz und Verstand.

JOSIE *gekränkt* Hör auf! Ich habe ihn vorhin auch schon verflucht und mir geschworen, nie wieder ein Wort mit ihm zu reden. Ich wußte von Anfang an, daß er die Verabredung vergißt, wenn er erst mal was getrunken hat.

HOGAN Aber so betrunken war er nicht, daß er das Geschäftemachen verlernt hätte.

JOSIE *als hätte sie das nicht gehört – trotzig* Ich wär heut nacht sowieso aufgeblieben, bei dem schönen Mond – das hat mit Jim Tyrone gar nichts zu tun.

HOGAN *voller Sarkasmus* So, so, in deinen besten Schuhen und Strümpfen? Na, der Mond wird sich aber geschmeichelt fühlen.

JOSIE *wutentbrannt* Fragt sich nur, ob du dich geschmeichelt fühlen wirst, wenn ich dich am Kragen packe und an die Wand donnere! Laß dein besoffenes Gefasel über Jim! Meinst du, ich weiß nicht, worauf du hinaus willst mit deinen komischen Andeutungen und deiner Flucherei. Aber wenn du glaubst, ich – *Mit gespielter Überzeugung* Ich weiß doch genau, was passiert ist, da brauch ich gar nicht dabei gewesen sein. Du warst besoffener als sonst und für Jim ein gefundenes Fressen. Er hat sich einen Spaß mit dir erlaubt, und du Trottel bist ihm auf den Leim gegangen!

HOGAN *bitter* Schon wieder Trottel! *Er kämpft sich aus dem Stuhl hoch und kann sich nur mit Mühe auf den Beinen halten – mit gekränktem Stolz.* Na gut, ich sag kein Wort mehr. Ist zwecklos, 'ner verliebten Frau, die schlechte Laune hat, die Wahrheit zu sagen.

JOSIE Von wegen verliebt, ich hasse ihn!

HOGAN Mein Gott, jetzt bin ich platt. So'n großes, stolzes Weibsbild, hat sich mit jedem zweiten Mann hier aus der Gegend rumgetrieben und stellt sich plötzlich an wie 'ne zickige Jungfrau, die aus allen Wolken fällt, wenn sie einer anlügt!

JOSIE *drohend* Du gehst jetzt besser ganz schnell auf dein Zimmer!

HOGAN *fixiert die Tür an der Rückwand – würdevoll* Genau das mach ich jetzt – und ich werd mich mit mir selbst unterhalten, da weiß ich wenigstens, daß mir jemand zuhört, der nicht auf den Kopf gefallen ist. Gute Nacht, Miss Hogan. *Er steht auf, schwankt nach rechts, versucht, das Gleichgewicht zu halten, torkelt nach links, prallt mit Josie zusammen und klammert sich an ihren Arm, den sie ihm hilfreich hinhält.*

JOSIE Mein Gott, wenn du jetzt versuchst, die Treppe raufzugehen, landest du garantiert im Keller.

HOGAN *hängt an ihrem Arm, den Kopf an ihre Schulter gelehnt – jetzt weinerlich* Du hast recht. Hör nicht auf mich. Ich will dich nicht weiter damit belästigen. Du hast heute abend genug Kummer gehabt. Schlaf gut, wenn du kannst. Gute Nacht, liebe Josie, Gott segne dich. *Er versucht ihr einen Kuß zu geben, aber sie wehrt ab und bugsiert ihn zum Stuhl zurück.*

JOSIE Setz dich hin, bevor du mir hier völlig zusammenbrichst, und ich dich mit dem Schubkarren abtransportieren muß.

Sie läßt ihn in den Lehnstuhl plumpsen. Das Kinn sinkt ihm auf die Brust, und er streckt alle Viere von sich.

HOGAN *brummelt trübsinnig vor sich hin* Zu spät. Alles ausgehandelt. Wir sind völlig hilflos.

JOSIE *jetzt ernsthaft besorgt* Was ist ausgehandelt? Vielleicht bist du hilflos, ich jedenfalls nicht. *Als er nicht antwortet – verächtlich* Das ist das erste Mal, wo du zugibst, daß du nicht mehr weiter weißt. Und ich hab dich auch noch nie so besoffen gesehen, daß du deinen Kopf nicht mehr auf Kommando klar kriegst. Darauf bist du doch immer so stolz gewesen! Du solltest dich jetzt mal sehen – ein Häufchen Elend, das blöde vor sich hin lallt.

HOGAN *kämpft sich aus dem Stuhl hoch – wütend* Hör auf mich zu beleidigen! Natürlich krieg ich meinen Kopf klar, wenn ich will. *Er schüttelt den Kopf heftig hin und her.* So, jetzt ist er wieder klar, als hätt ich keinen Tropfen getrunken. Ich kann dir alles haarklein erzählen, was heute abend passiert ist, wenn du mir endlich mal zuhören und mich nicht dauernd einen Lügner nennen würdest.

JOSIE Gut, ich hör zu, jetzt bist du ja wieder bei Verstand.

HOGAN Also schön. Ich fang am besten ganz von vorne an, wie Jim und ich losgezogen sind. Da hast du ihm zum Abschied ein süßes Lächeln geschenkt und mit deinen schönen, großen Kuhaugen gerollt, mit dem Hintern gewakkelt und deine wundervollen Brüste vorgestreckt, die er so anhimmelt, und ihm schmachtend hinterher gerufen: »Vergiß nicht unser Mondscheinrendezvous, Jim!«

JOSIE *mit unterdrückter Wut* Du bist doch – Das hab ich nie – Du alter –!

HOGAN Und er sagte: »Wie könnte ich das vergessen, Josie!«

JOSIE Dieser elende Lügner.

HOGAN *jetzt mit verzagter, monotoner Stimme* Wir sind dann in die Wirtschaft und haben angefangen Whiskey zu trinken. Und ich war bald betrunken.

JOSIE *aufgebracht* Das glaub ich dir aufs Wort! Und Jim war auch betrunken. Und dann?

HOGAN *trübsinnig* Vielleicht war er gar nicht so betrunken. Er hatte wieder mal seine komischen Anwandlungen, von denen ich dir heute morgen erzählt habe. Dann redet er wie einer vom Broadway, der für Geld seine Seele verkauft, und vor nichts haltmacht mit seinem bösen Spott, und dem es teuflisches Vergnügen bereitet, sich die Schwächen der anderen herauszupicken und darauf herumzureiten, und der seine grausamen Spielchen mit dir treibt und dich vor allen Leuten bloßstellt. *Mit einem plötzlichen Wutausbruch* Dieser verfluchte Kerl, ich wette, er lacht sich gerade ins Fäustchen und kommt sich unheimlich toll vor, daß er uns für dumm verkauft hat. Besonders dich. Mein Gott, ich hatte wenigstens noch meine Zweifel, aber du warst völlig blind vor Liebe und wolltest nicht wahrhaben –

JOSIE *wutentbrannt* Den Quatsch mit der Liebe kannst du dir allmählich sparen! Und Jim werd ich's heimzahlen, dem wird's noch leid tun –

HOGAN *macht wieder einen betrunkenen und mutlosen Eindruck* Zu spät. Du hättest ihn nicht gehen lassen dürfen. Du hättest ihn hierbehalten sollen. Wer weiß, wenn du ihm genug Schnaps eingeflößt hättest – *Sein Kopf wackelt hin und her, und die Augen flackern – düster.* Aber was nützt das jetzt noch, es ist zwecklos, völlig zwecklos –

JOSIE *schüttelt ihn* Reiß dich zusammen, sonst kleb ich dir eine! Hör auf, wie ein altes Waschweib rumzujammern, und sag klipp und klar, was er getan hat!

HOGAN Was er getan hat? Er hat eingewilligt, die Farm zu verkaufen! Simpson ist in die Wirtschaft gekommen und hat ihm ein neues Angebot von Harder vorgelegt – zehntausend in bar.

JOSIE *überwältigt* Zehntausend! Wo die Farm allerhöchstens drei wert ist! Du hast damals zwei geboten, und Jim hat dir sein Wort gegeben –

HOGAN Geld spielt für Harder keine Rolle! Er will sich an uns bloß rächen. Und er hat es ziemlich schlau angestellt. Simpson muß ihm gesteckt haben, wie sehr es Jim wurmt, von seinem mickrigen, monatlichen Wechsel leben zu müssen, wo er sich doch so sehr nach dem Broadway und seinen Huren zurücksehnt. Jim braucht auf seinen Anteil nicht zu warten. Harder bietet ihm fünftausend in bar, quasi als Vorschuß, sobald der Vertrag unter Dach und Fach ist, und Jim kann den nächsten Zug nach New York nehmen.

JOSIE *gepreßt, den Tränen nahe* Und Jim hat eingewilligt? Das glaub ich nicht!

HOGAN Dann laß es bleiben. Spätestens morgen wirst du es glauben müssen! Harder hat vorgeschlagen, sich mit Jim und dem Notar am Vormittag zu treffen und alles zu regeln, und Jim hat Simpson zugesagt.

JOSIE *verzweifelt* Hoffentlich besäuft er sich so sehr, daß er sich an nichts mehr erinnert.

HOGAN Das würd uns auch nichts nützen. Harder holt ihn zur Sicherheit morgen mit seinem Automobil ab. Und glaub bloß nicht, nur weil er vergessen hat, daß du im Mondschein sehnsüchtig auf ihn wartest, würd er 'ne Fünftausend-Dollar-Verabredung sausen lassen und auf die ganzen Flittchen verzichten, die er sich am Broadway dafür kaufen kann.

JOSIE *aufgebracht* Halt endlich die Klappe! *Wütend* Und wo warst du eigentlich, als das passiert ist? Warum hast du nichts dagegen unternommen, du Blödhammel?

HOGAN Ging nicht. Simpson hat sich zu uns an den Tisch gesetzt, und –

JOSIE Das hast du zugelassen?

HOGAN Jim hat ihn eingeladen. Außerdem war ich gespannt, was er im Schilde führte, und wie Jim sich verhalten würde. Als alles vorbei war, bin ich aufgestanden und wollte Simpson eine verpassen, aber ich hab nicht getroffen. *Weinerlich* Ich war zu betrunken – viel zu betrunken. Ich hab danebengehauen, Gott möge mir verzeihen. *Das Kinn sinkt ihm auf die Brust, und die Augen fallen ihm zu.*

JOSIE *schüttelt ihn* Wenn du jetzt einschläfst, kannst du was erleben, und eins schwör ich dir, ich werd nicht danebenhauen.

HOGAN Jim wollte ich auch eine verpassen, aber ich konnte nicht. Ich hab's nicht übers Herz gebracht. Ich hatte ihn liebgewonnen wie einen richtigen Sohn – einen Sohn, wie ich ihn mir immer gewünscht habe – nicht wie Mike, dieser Versager, und die anderen beiden Nieten.

JOSIE *Ihre Gesichtszüge werden hart und bitter.* Ich glaub langsam, Mike ist der einzige von uns, der ein bißchen Grips hat.

HOGAN Ich war wie vor den Kopf gestoßen, daß er mich hintergangen hat – und dich auch, wo er dich doch angeblich so verehrt. Also hab ich ihn ein Stinktier und einen Scheißverräter genannt und mich auf dem Absatz rumgedreht, bin rausgerannt aus der Wirtschaft und hab auf der Straße angefangen, laut zu singen, damit er und alle anderen mitkriegten, daß mich die Sache völlig kalt läßt.

JOSIE *mit schneidender Stimme* Na, das war vielleicht 'ne Heldentat! Nützt uns verdammt viel –

HOGAN Die Versuchung war einfach zu groß für ihn. Er ist schwach und steht schon mit einem Fuß im Grab wegen seiner Sauferei. Da sollten wir ihm keine Vorwürfe machen.

JOSIE *Ihre Augen blitzen auf.* Keine Vorwürfe machen? Und ob ich ihm Vorwürfe mach, dem verfluchten Kerl! Willst du ihn etwa in Schutz nehmen, du alter Dummkopf?

HOGAN Nein. Er ist 'ne Schlange! Aber ich hab nur gedacht, was würd ich alles für fünftausend Dollar machen, und woher willst du wissen, ob's dir nicht genauso ginge?

JOSIE Ich würd ihn nie hintergehen! *Ihre Gesichtszüge wer-*

den hart und bitter. Jedenfalls war's bisher so, aber jetzt bin ich zu allem bereit.

Hogan lacht plötzlich vor sich hin.

Du glaubst mir wohl nicht? Wart's ab –

HOGAN Mir ist nur gerade was eingefallen. *Er lacht betrunken.* Mensch, Josie, bei dir hat ihm seine ganze Broadwayerfahrung mit Frauen nichts genützt. Du hast ihn ganz schön an der Nase rumgeführt, und das ist wenigstens 'ne kleine Genugtuung.

JOSIE *verdutzt* Was meinst du damit?

HOGAN Das glaubst du nie im Leben. Ich hab's erst auch nicht geglaubt, aber er hat immer wieder davon angefangen, bis ich gemerkt hab, er meint's wirklich ernst.

JOSIE Er meint was ernst?

HOGAN Ich hab dir doch erzählt, daß er so komisch geworden ist – noch bevor Simpson kam. Er fing an über dich zu reden, als gingst du ihm nicht mehr aus dem Sinn – und, ich schwör's dir, ich hab eine Zeitlang geglaubt, Mikes Plan könnte klappen, wenn du mit Jim erst mal im Mondschein allein wärst, weil er ununterbrochen davon schwafelte, wie sehr er dich bewundert.

JOSIE Ach! Dieser Lügner!

HOGAN Er sagte, du hättest eine große Schönheit in dir, die niemand außer ihm zu schätzen wüßte.

JOSIE *aufgewühlt* Du lügst.

HOGAN Du wärst stark und sehr stolz – und hättest ein großes Herz, das hat er wortwörtlich gesagt! Das Beste kommt noch. Du hast ihn, wie gesagt, ganz schön an der Nase rumgeführt. *Mit einem betrunkenen Seitenblick* Jetzt halt dich fest, Josie. *Er beugt sich zu ihr hinüber und flüstert.* Er denkt, du bist noch Jungfrau!

Josie zuckt zusammen, als hätte man sie beleidigt. Hogan fährt fort.

Ob du's glaubst oder nicht, dieser arme Irre behauptet steif und fest, du wärst 'ne arme, unschuldige Jungfrau. Er meint, du wärst gar nicht so schamlos, wie du immer tust, du würdest bloß ein bißchen angeben. *Er lacht vor sich hin.* Du und 'ne Jungfrau, das muß man sich mal vorstellen!

JOSIE *wutentbrannt* Hör endlich auf damit! Was soll das heißen, ich wär gar nicht so und würd bloß angeben wollen? Dieser elende Lügner!

HOGAN Mensch, wem sagst du das! *Dann sieht er sie überrascht an – mit schwerer Zunge.* Bist du jetzt beleidigt? Warum freust du dich nicht, verdammt noch mal? Mein Gott, merkst du denn nicht, wie lächerlich er sich damit macht?

JOSIE *lacht gequält* O ja, das merk ich.

HOGAN *lacht betrunken vor sich hin* Mein Gott, da fällt mir noch was ein, Josie. Ich weiß, warum er dich versetzt hat. Nicht, weil er die Verabredung vergessen hat. Daran hat er sich noch gut erinnert, er hat ja ständig davon gesprochen –

JOSIE Soll das heißen, er hat gewußt, daß ich auf ihn warte, und mich trotzdem – *Hitzig* Dieser gottverdammte Scheißkerl!

HOGAN Er hat mir auch den Grund gesagt, jedenfalls so gut wie, ganz damit rausrücken wollte er nicht, weil ich dein Vater bin. Sein Gewissen quälte ihn. Er will weggehen und dich nie mehr wiedersehen – deinetwegen, weil er dich liebt. *Er lacht vor sich hin.*

JOSIE *macht ein verzweifeltes und bestürztes Gesicht. Ihre Stimme bebt.* Weil er mich liebt? Das denkst du dir doch nur aus!

HOGAN Nein. Ich weiß, es klingt verrückt, aber –

JOSIE Was soll das heißen, meinetwegen?

HOGAN Kapierst du das denn nicht? Für ihn bist du die reine Jungfrau, aber abgesehen von deiner schönen Seele gibt es noch mehr an dir, zu dem er sich hingezogen fühlt, dein schönes Haar, deine Augen, deine –

JOSIE *verzweifelt* Ach, hör schon auf, Vater! Du weißt ganz genau, daß ich nur 'ne plumpe –

HOGAN *überhört das* Er will nicht in Versuchung kommen, weil er sich selbst nicht übern Weg traut. Er würde es sich niemals verzeihen, wenn er dich verführte. *Er lacht betrunken.* Gott, ist das nicht zum Schießen!

JOSIE *mit bebender Stimme* Deswegen also – *Dann wütend* Was bildet sich dieser Broadwayschnösel eigentlich ein! Der denkt wohl, er braucht nur mit dem Finger zu schnippen, und schon würd ich auf ihn fliegen.

HOGAN *lacht vor sich hin* Himmelarsch, das war schon ’n tolles Ding, wie dieser Trottel von dir schwärmte, und direkt gegenüber an der Bar standen zwei deiner ehemaligen Verehrer, der Gärtner von Smiths, und Regan, der Chauffeur von Driggs.

JOSIE *mit einem Zucken um die Lippen* Ja, muß wirklich toll gewesen sein. Schade, daß ich nicht dabei war, ich hätt mich schief gelacht. *Wütend* Aber was hat denn sein ganzes verlogenes Geschwätz damit zu tun, daß er sein Wort bricht und die Farm verkaufen will?

HOGAN *mit einem Mal wieder völlig niedergeschlagen* Gar nichts. Ich hab bloß gedacht, du freust dich, daß du wenigstens deine Rache gehabt hast.

JOSIE Das nennst du Rache? Da weiß ich was Besseres, jedenfalls ist es einen Versuch wert. Ich bin nicht so ein Feigling wie du, ich geb mich nicht geschlagen und krieg das große Heulen und besauf mich sinnlos! *Sie schüttelt ihn.* Reiß dich zusammen und sag mir, ob Simpson ihn dazu gebracht hat, was zu unterschreiben?

HOGAN Nein, aber was nützt uns das? Morgen früh unterschreibt er alles, was sie ihm unter die Nase halten.

JOSIE Das nützt uns ’ne ganze Menge. Dann haben wir nämlich noch ’ne Chance, genauer gesagt ich.

HOGAN Was für ’ne Chance? Willst du ihn anflehen, daß er Mitleid mit uns haben soll?

JOSIE Darauf kann er warten, bis er schwarz wird! Nein, wir haben noch eine andere Chance und sogar ’ne gute. Aber dazu brauche ich deine Hilfe – *Wütend* Aber schau dich an, so besoffen, wie du bist, kannst du doch keinen klaren Gedanken mehr fassen – und da soll ich mich auf dich verlassen!

HOGAN *richtet sich auf* Ja, klar. Ich bin auf der Stelle stocknüchtern, wenn wir noch 'ne Chance haben. *Dann wieder niedergeschlagen* Aber was willst du denn machen, liebe Josie? Er ist ja nicht mal hier. Er sitzt allein unten in der Wirtschaft und trinkt und träumt von den kleinen Flittchen am Broadway, bei denen er morgen abend sein wird.

JOSIE Ich bring ihn her! Ich pfeif auf meinen Stolz und hol ihn aus dem Wirtshaus! Und wenn er nicht mitkommen will, weiß ich schon, wie ich ihn dazu kriege. Ich werd ihm 'ne Szene machen und so tun, als wär ich wütend, weil er mich versetzt hat. Ich werd ihn so blamieren, daß er mit Freuden mitkommt, nur damit ich Ruhe gebe. Ich kenn doch seine Schwäche. Ich weiß, wie eitel er in punkto Frauen ist. Wenn eins von seinen niedlichen, kleinen Flittchen so ein Tamtam um ihn machen würde, wär er stolz drauf, aber bei 'nem plumpen, häßlichen Trampel wie mir – *Sie stockt und zwingt sich fortzufahren.* Wenn dieser Scheißkerl sich je was aus mir gemacht hat, wird er es spätestens dann bereuen und vor Scham in den Boden versinken. Das ist die Wahrheit, die hinter seinen ganzen Lügen steckt, von wegen schlechtes Gewissen und Angst, er könnte mein Leben ruinieren!

HOGAN Nein, er hat's wirklich ernst gemeint, Josie. Aber lassen wir das. Angenommen du schaffst es, ihn hierherzubringen, was dann?

JOSIE Ich hab dir heute morgen gesagt, ich wär zu allem fähig, wenn er jemals sein Wort brechen würde. Und jetzt bin ich soweit! Du brauchst nur bei Sonnenaufgang mit ein paar Zeugen aufzutauchen und uns erwischen –

HOGAN Im Bett, meinst du? Du denkst also an Mikes anderen Plan?

JOSIE Ich hab dir doch gesagt, es ist mir egal, wie gemein der Trick ist – *Mit einem harten und bitteren Lachen* Je gemeiner, desto besser!

HOGAN Aber wie willst du ihn ins Bett kriegen, wo er doch solche Gewissensbisse hat und dich für 'ne Jungfrau hält?

Moment, da fällt mir ein, er ist deswegen nicht gekommen, weil er Angst hatte, er könnte in Versuchung geraten. Also, vielleicht –

JOSIE *gepreßt* Komm mir um Gottes willen nicht schon wieder damit. Er wird nicht in Versuchung geraten. Aber ich werde ihn so besoffen machen, daß er einschläft, dann trag ich ihn rein und leg ihn ins Bett und –

HOGAN Klar, so machen wir's! Du wirst ihm allerdings 'ne ganze Menge einflößen müssen. Und das schaffst du nur, wenn du ein bißchen umgänglicher bist und ihn nicht nach jedem Glas so anschaust, als würdest du Gott den Allmächtigen bitten, diesem armen Säufer zu vergeben. Du mußt ihn ermuntern. Das beste wär, du trinkst mit. Dann würde er sich wohl fühlen und keinen Verdacht schöpfen, und dir würde es auch Mut machen, du wärst nicht mehr so scheu wie ein Reh und könntest zur Abwechslung mal handeln, anstatt dauernd nur unanständige Reden zu schwingen, was er sowieso nicht ausstehen kann.

JOSIE *wirft ihrem Vater einen bitteren und ärgerlichen Blick zu* Jetzt hast du plötzlich wieder lauter gute Ratschläge parat, du miese Laus.

HOGAN *wütend* Hast du nicht gesagt, ich soll mich zusammenreißen. Bitte, wenn du mich wieder besoffen haben willst, kein Problem. Mir wär's recht. Ich will meinen Kummer vergessen, und deinem Plan trau ich sowieso nicht, weil du zuviel Skrupel hast. Wie beim Trinken. Du bist so verdammt enthaltsam –

JOSIE Ich hab dir gesagt, ich bin zu allem bereit! *Dann verlegen* Ich mein ja nur, es gehört sich nicht, daß ein Vater seiner Tochter beibringt, wie sie – *Dann wütend* Ich brauch deinen Rat nicht. Hab ich nicht jeden Mann gekriegt, den ich haben wollte?

HOGAN Gott sei Dank, endlich bist du wieder normal. Ich dachte schon, du fängst jetzt auch bei mir an, die Jungfrau zu spielen, nur weil dieser Broadwayfatzke dich dafür hält.

JOSIE *wutentbrannt* Halt die Klappe! Ich spiele überhaupt nichts! Und keine Sorge, ich weiß, wie ich's anpacken muß.

HOGAN Das ist 'n Wort. Aber jetzt alles noch mal schön der Reihe nach. Ich komme bei Sonnenaufgang mit den Zeugen, und du hast vergessen, deine Tür abzuschließen, wir gehen rein, und ihr zwei liegt da zusammen im Bett, und ich schlage Krach und drohe ihm, wenn er dich nicht heiratet –

JOSIE Den heiraten? Nach allem, was er uns angetan hat? Ich würd ihn nicht heiraten, und wenn er der einzige Mann weit und breit wäre! Er soll nur vor Zeugen ein Papier unterschreiben, daß er die Farm zum abgemachten Preis an dich verkauft und nicht an Harder.

HOGAN Na gut, das wär gerecht, aber mehr auch nicht. Ich dachte, du wolltest diesem Mistkerl seinen dreckigen Verrat heimzahlen?

JOSIE Und ob ich das will! *Sie wirft ihm wieder einen bitteren und ärgerlichen Blick zu.* Du denkst an die Erbschaft, stimmt's? Das überlaß ich dir! *Hastig* Nein, die will ich mir auch untern Nagel reißen. *Macht ein verwegenes Gesicht* Wenn ich schon die Hure spiele, will ich verdammt noch mal dafür bezahlt werden. Wir zwingen ihn zu unterschreiben, daß ich von ihm zehntausend Dollar kriege, wenn die Erbschaft geregelt ist. *Sie lacht.* Wie findest du das? Ich wette, das ist tausendmal mehr, als je ein Broadwayflittchen aus ihm rausgeholt hat, ganz egal, wie niedlich sie war! *Sie lacht wieder.* Und jetzt kommt das beste an der Lektion, die wir ihm erteilen, er bezahlt für nichts und wieder nichts. Ich laß ihn zwar in mein Bett, aber nie und nimmer werd ich –

HOGAN *entzückt und voller Bewunderung* Himmelarsch, Josie, das ist das Allerbeste! *Er schlägt sich begeistert auf die Schenkel.* Das wird ihn lehren, seine Freunde zu hintergehen! Dann wird er merken, daß auch andere Leute ein paar Tricks auf Lager haben. Und er hält dich für die Unschuld in Person! Mensch, der wird dumm aus der Wäsche gucken, wenn er morgen früh aufwacht. Ich werd mich schwer beherrschen müssen, nicht laut loszuprusten! *Er bricht in rauhes Gelächter aus.*

JOSIE *reagiert wieder mit unangemessener Verärgerung* Lach nicht so blöd! Du läßt dich schon wieder gehen. *Hart und geschäftsmäßig* Genug geredet, los jetzt –

HOGAN Wart mal, eine Frage noch. Womit soll ich ihm eigentlich drohen, wenn ich ihn erwische? Daß wir ihn verklagen, weil er dir deine Unschuld geraubt hat? Sein Verteidiger würde alle deine früheren Verehrer in den Zeugenstand rufen und das Gericht davon überzeugen, daß du fast die ganze männliche Einwohnerschaft von Amerika beglückt hast. Also mit was soll ich ihm drohen – mir fällt nichts ein, über das er sich nicht totlachen würde.

JOSIE *gepreßt* Aber mir! Muß ich dir noch mal erklären, wo sein wunder Punkt ist? Sein Stolz und seine Eitelkeit, was Frauen betrifft. Er denkt, er wär besonders schlau, und die Frau, die ihm was vormacht, müßte erst noch geboren werden. Es würde seine Eitelkeit zutiefst verletzen, mit einer wie mir erwischt zu werden – *Sie stockt, aber zwingt sich fortzufahren.* Meine Visage neben seiner in allen Zeitungen von hier bis New York – der ganze Broadway würd sich biegen vor Lachen – glaub mir, er wird auf alles eingehen, nur damit die Sache nicht rauskommt. Da bin ich mir sicher! Ich kenne ihn! Also mach dir keine Sorgen – *Sie bricht ab, verzweifelt und den Tränen nahe.*

HOGAN *ohne sie anzusehen, wieder begeistert* Mein Gott, du hast recht.

JOSIE *wirft ihm einen bitteren Blick zu – heftig* Dann steh endlich auf, verdammt noch mal, damit's losgehen kann! *Er steht auf. Sie mustert ihn ärgerlich.* Wenn du Geld riechst, bist du sofort auf den Beinen, was, du altes Schlitzohr? *Rasch* Na, mir soll's recht sein, dann kann ich mich wenigstens auf dich verlassen. Du gehst jetzt mit mir zur Wirtschaft und versteckst dich draußen und wartest, bis ich mit ihm rauskomme. Dann schleichst du dich rein und suchst dir dort Zeugen und machst mit ihnen durch. Aber besauf dich nicht wieder und sieh zu, daß auch die anderen halbwegs nüchtern bleiben.

HOGAN Ich versprech's dir! Ehrenwort! *Er klopft ihr anerkennend auf die Schulter.* Alle Achtung, das nenn ich Kampfgeist. Du gibst wirklich nie auf, dagegen komm ich mir direkt wie ein Schwächling vor. Himmelarsch, wenn ich dich so anseh, glaub ich fast, du bist froh, daß es so gekommen ist.

JOSIE *richtet sich auf* Wieso froh, du alter –

HOGAN Um ihm zu zeigen, daß dir kein Mann gewachsen ist, was sonst? – Wie du's bei allen anderen auch gemacht hast.

JOSIE Ja, ich werd's ihm zeigen! Der wird sein blaues Wunder erleben! *Sie geht zur Eingangstür – abrupt.* Komm, wir dürfen keine Zeit verlieren. *Aber als sie bei der Tür angelangt ist, zögert sie plötzlich und wirkt ängstlich – hastig.* Warte, ich werf noch schnell 'nen Blick in den Spiegel. *Dann verwegen* Schließlich muß man in dem Gewerbe nach was aussehen!

Sie eilt durchs Zimmer in ihr Schlafzimmer und schließt die Tür hinter sich. Hogan blickt ihr nach. Auf einmal wirkt er nicht mehr wie ein Betrunkener, dem es gerade noch gelingt, einen einigermaßen nüchternen Eindruck zu machen. Er hat zwar eine Menge getrunken, ist aber völlig klar und hat sich restlos unter Kontrolle.

HOGAN *beobachtet den Spalt unter Josies Tür und schüttelt mitleidig den Kopf – halblaut vor sich hin* Will einen Blick in den Spiegel werfen und vergißt, die Lampe anzumachen! *Beschämt* Gott möge mir vergeben. Das ist bitter für sie, aber die einzige Möglichkeit, die noch bleibt.

Josies Tür geht auf. Sofort ist er wieder wie vorher. Sie kommt hocherhobenen Hauptes heraus, macht ein trotziges Gesicht, ein starres Lächeln auf den Lippen. Aber man sieht ihr an, daß sie geweint hat.

JOSIE *verwegen* So. Seh ich nicht nach mindestens zehntausend Dollar aus?

HOGAN Nach 'ner Million, Liebling.

JOSIE *geht zur Haustür und stößt sie auf, mit einer Geste, als hätte sie alle Brücken hinter sich abgebrochen* Also los. *Sie geht hinaus, er folgt ihr dicht auf den Fersen. Auf der obersten Stufe bleibt sie plötzlich stehen – erschrocken.* Du, da kommt jemand –

HOGAN *schiebt sich an ihr vorbei die Stufen hinunter und späht nach rechts – laut vor sich hin* Mein Gott, er. Ich hätte nie gedacht –

JOSIE *laut vor sich hin* Also hat er's doch nicht vergessen –

HOGAN *rasch* Na, das beweist, daß er nicht von dir loskommt – das macht es um so leichter – *Dann wutentbrannt* Oh, dieser hinterhältige Dreckskerl! So eine Frechheit! Wagt es herzukommen, nachdem er dich stundenlang hat warten lassen! Er denkt bestimmt, du wüßtest von nichts, und will sich 'nen Spaß draus machen, dir im Mondschein den Kopf zu verdrehen, und hofft, daß du so dumm bist und ihm vertraust und nicht den geringsten Verdacht –

JOSIE *gekränkt* Halt die Klappe! Wer zuletzt lacht, lacht am besten! Ich tu so, als wüßt ich von nichts –

HOGAN Ja, er darf nichts merken, sonst fällt er nicht drauf rein und weiß gleich, daß du auf Rache aus bist. Er hat mich bestimmt schon gesehen. Wenn ich mich einfach verdrücke, schöpft er Verdacht. Wir müssen uns schnellstens was ausdenken –

JOSIE *rasch* Ich weiß was. Markier wieder den Besoffenen. Er soll glauben, du wärst dermaßen blau, daß du dich an nichts mehr erinnerst, dann denkt er, daß du mir nichts erzählt hast.

HOGAN Mach ich. Mensch, Josie, der ist doch selbst stockbesoffen. Ich wette, der erinnert sich an rein gar nichts, sonst wär er nie hergekommen.

JOSIE Je besoffener, desto besser! *Senkt die Stimme – hastig* Er ist schon vorne am Weg und kann uns hören. Tun wir so, als ob wir streiten, und ich jage dich weg, bis du wieder nüchtern bist. Sag, du kommst heute nicht mehr zurück. Dann kann er sicher sein, daß er die Nacht mit mir allein ist. Los, fang an.

HOGAN *spielt sofort den Betrunkenen. Er schreit.* Schmeißt mich aus meinem eigenen Haus raus, du nichtsnutziges Luder!

JOSIE Feier hin oder her, ich kann solche Saufköpfe nicht ausstehen, die die ganze Nacht rumgrölen und fluchen. Sieh zu, daß du wieder in dein Wirtshaus kommst!

HOGAN Mit Vergnügen! Ich nehm mir 'n Zimmer und zwei Flaschen Schnaps und sauf, solange es mir paßt!

JOSIE Laß dich hier bloß nicht blicken, bevor du deinen Rausch ausgeschlafen hast, sonst kannst du was erleben!

Tyrone tritt von rechts vorne auf. Er macht keinen betrunkenen Eindruck – jedenfalls zeigt er nicht die typischen Symptome. Er wirkt fast wie im ersten Akt. Die einzig wahrnehmbare Veränderung besteht in einem seltsam starren und glasigen Blick, leicht fahrigen Bewegungen und einer undeutlichen Aussprache, als wäre er ein bißchen weggetreten.

TYRONE *trocken* Gerade rechtzeitig zum großen Kampf! Oder ist das schon die letzte Runde?

HOGAN *fährt schwankend herum* Wer zum Teufel – *Er starrt ihn an.* Ach, du bist's!

TYRONE Was hast du dir eigentlich dabei gedacht, Phil, mich einfach im Stich zu lassen?

HOGAN Dich im Stich lassen? Himmelarsch, da fällt mir ein, du kriegst noch 'nen Kinnhaken von mir, ich weiß bloß nicht für was! Mensch, ich bin so betrunken, daß ich mich an nichts mehr erinnern kann. Egal, verdient hast du's auf jeden Fall.

Er holt zu einem Rundschlag aus, verfehlt Tyrone um ein ganzes Stück und taumelt zur Seite. Tyrone betrachtet ihn leicht verblüfft.

JOSIE Schluß jetzt, du verdammter Idiot! Hau endlich ab!

HOGAN Du ergreifst Partei gegen deinen armen alten Vater? 'ne feine Tochter bist du! *Er richtet sich schwankend, aber würdevoll auf.* Sie brauchen heut nacht nicht auf mich zu warten, Miss Hogan, und wer weiß, ob ich morgen komme. Sie können Ihre schlechte Laune an Ihrem Herzallerliebsten da auslassen. *Er wendet sich nach rechts Richtung Landstraße und ruft ihnen im Weggehen zu.* Der Teufel soll euch holen!

Er verschwindet. Kurz darauf hört man ihn sein irisches Klagelied grölen: »Oh, sind die Kartoffeln klein, hier bei uns, bei uns« etc. Während der folgenden Szene hört man immer wieder Fetzen des Liedes, bis es schließlich in der Ferne verklingt.

JOSIE Na, Gott sei Dank, den wär'n wir los! *Sie geht zu Tyrone, der Hogan verdutzt hinterherstarrt.*

TYRONE So blau hab ich ihn noch nie erlebt. Muß ihn ganz plötzlich erwischt haben. Im Wirtshaus hat er gar nicht den Eindruck danach gemacht, aber ich glaub, ich hab auch nicht besonders drauf geachtet.

JOSIE *gibt sich kokett* Wenn du ein echter Gentleman wärst, würdest du dich erst mal bei mir entschuldigen, statt an ihn zu denken. Weißt du eigentlich, daß du zweieinhalb Stunden zu spät bist? Wenn ich auch nur ein bißchen Stolz hätte, würd ich kein Wort mehr mit dir reden.

TYRONE *sieht sie interessiert an* Du hast viel zuviel Stolz, Josie. Das ist das Problem.

JOSIE Was soll das nun wieder heißen?

TYRONE *zuckt mit den Achseln* Nichts. Vergiß es. Verzeih mir, Josie. Tut mir verdammt leid. Dafür gibt's keine Entschuldigung, und 'ne Ausrede fällt mir nicht ein. *Er starrt sie wieder interessiert an.* Das heißt, eigentlich hab ich 'ne verdammt gute Entschuldigung, aber – *Er zuckt mit den Achseln.* Blödsinn. Vergiß es.

JOSIE Heilige Maria, Mutter Gottes, heute abend sprichst du in Rätseln. Nein, ich brauch keine Entschuldigung. Ich verzeih dir doch alles, jetzt, wo du da bist. *Sie nimmt ihn an der Hand – kokett.* Komm, wir setzen uns auf die Stufen vor meinem Zimmer und turteln ein bißchen im Mondschein, so wie wir's vorhatten.

Sie geht voran, er folgt ihr wie in Trance. Sie setzt sich auf die oberste Stufe und zieht ihn auf die darunterliegende

Stufe. Eine Pause entsteht. Er starrt gedankenverloren vor sich hin. Sie beugt sich über ihn und sieht ihn mit einem prüfenden Blick an.

TYRONE *beginnt unvermittelt zu erzählen* Mußte raus aus diesem verdammten Wirtshaus. Ich war kurz vorm Durchdrehen. Hab wieder meine Zustände gekriegt! Also bin ich zu dir gekommen. *Er hält inne – dann fügt er mit seltsamer Aufrichtigkeit hinzu.* Ich hab dich wirklich sehr lieb, Josie.

JOSIE *platzt bitter heraus* Wie du heute abend bewiesen hast! *Findet schnell ihren koketten Tonfall wieder* Aber macht nichts. Ich hab gesagt, ich verzeih dir dein Zuspätkommen. Also erzähl mir mehr über die Liebe, ich bin ganz Ohr.

TYRONE *als hätte er nicht zugehört* Ich dachte, du hättest mich schon abgeschrieben und wärst schlafen gegangen. Ich weiß noch, ich hatte die blöde Idee, zu dir ins Bett zu kommen – nur um meinen Kopf an deine Brust zu legen.

JOSIE *wider Willen gerührt – behält aber ihren kecken Ton bei* Na, mal sehen, vielleicht laß ich dich – *Schnell* Später, mein ich. Die Nacht ist noch jung, und sie gehört uns ganz allein. *Wieder keck* Hier hast du schon mal 'nen kleinen Vorgeschmack. *Sie legt die Arme um ihn und zieht ihn zurück, bis sein Kopf an ihrer Brust ruht.* So.

TYRONE *entspannt sich – mit schlichter Dankbarkeit* Danke, Josie.

Er schließt die Augen. Einen Moment lang vergißt Josie alles andere und blickt ihn mit besitzergreifender Zärtlichkeit an. Eine Pause entsteht. Aus der Ferne dringt Hogans trauriges Lied durch die stille Mondnacht. »Oh, sind die Kartoffeln klein, hier bei uns, bei uns.« Tyrone gibt sich einen Ruck und richtet sich auf. Er ist verlegen, als hätte er Angst, sich lächerlich gemacht zu haben.

Hört, hört, die Lerche von Donegal! »Nicht Tod war dir beschieden, ew'ger Vogel.« Kann Phil denn nichts anderes singen, als dieses verdammte Klagelied, Josie? *Sie antwortet nicht. Er fährt benebelt fort.* Trotzdem, irgendwie paßt es – zum Mondschein – und zu meiner Stimmung – *Er zitiert.*

»Jetzt mehr denn jemals scheint es schön zu sterben,
Zur Mitternacht zu enden, ohne Schmerz,
In solcher Wonne!«

Er hat das sehr gefühlvoll vorgetragen – jetzt höhnisch. Großer Gott! Ode an Phil, die irische Nachtigall! Ich muß wirklich im Delirium sein.

JOSIE *mit bitterer Miene* Vielleicht ist es nur dein schlechtes Gewissen.

TYRONE *zuckt schuldbewußt zusammen, dreht sich um und starrt sie an – argwöhnisch* Wie kommst du denn da drauf? Wieso schlechtes Gewissen?

JOSIE *rasch* Woher soll ich das wissen, wenn du's nicht weißt? *Gibt sich kokett* Vielleicht wegen deiner sündigen Gedanken, weil du dich zu mir ins Bett legen wolltest.

TYRONE *seltsam erleichtert* Ach so. *Dann leicht verschämt* Vergiß es, Josie. Ich war nicht ganz bei Trost.

JOSIE *bitter* Hör um Gottes willen auf, dich zu entschuldigen. Tust grad so, als würdest du dich schämen, daß du dich zu mir – *Hält sich im letzten Moment zurück*

TYRONE *wirft ihr einen kurzen Blick zu* Gut, dann entschuldige ich mich nicht. Sei mir nicht bös, aber ich dachte, ich hätte dein Schamgefühl verletzt.

JOSIE *grob* Mein Schamgefühl? Ich wußte gar nicht, daß ich so was besitze.

TYRONE *rückt weg von ihr – gereizt* Laß deine verdammten Sprüche, Josie, wenigstens heute nacht. *Er fügt langsam hinzu.* Ich möchte, daß heute alles anders ist.

JOSIE Anders als was? *Er antwortet nicht. Sie schlägt einen unbeschwerten Ton an.* Na gut, ganz wie du willst, dann werd ich eben anders sein.

TYRONE *schlicht* Danke, Josie. Sei einfach du selbst. *Wieder als schämte er sich und hätte Angst, eine Schwäche zugegeben zu haben – lässig.* Gar nicht übel hier draußen im Mondschein, besser als in diesem lausigen Wirtshaus. Ich weiß nicht, warum ich dauernd dort rumhänge – außer, daß mich die sogenannten Hotels in diesem Nest noch mehr anöden.

JOSIE *versucht ihn, ohne daß er es merkt, prüfend anzusehen* Na, jetzt gehst du doch bald wieder zum Broadway zurück?

TYRONE Ich hoff's.

JOSIE Dann kannst du dich von den hübschen, kleinen Flittchen trösten lassen, wenn du wieder mal deinen Melancholischen hast.

TYRONE Verdammt noch mal, hör auf mit dummen Anspielungen, Josie! Du hast mir versprochen, das heute abend sein zu lassen.

JOSIE *gepreßt* Gerade du mußt von Versprechungen reden!

TYRONE *leicht verblüfft* Was ist los? Immer noch wütend, weil ich zu spät gekommen bin?

JOSIE *rasch* Nein. War nur Spaß. Zum Beweis, daß ich dir nicht böse bin – wie wär's mit 'nem Whiskey? Da brauch ich wohl nicht zu fragen. *Sie steht auf.* Ich hol 'ne Flasche vom Guten.

TYRONE *postwendend* Prima. Vielleicht klappt's damit. Der Schnaps im Wirtshaus hat nicht gewirkt.

JOSIE Na, der wirkt bestimmt.

Sie wendet sich zu ihrem Zimmer. Er hockt auf der Treppe und starrt ins Leere. Sie bleibt auf der Türschwelle stehen und dreht sich noch mal um. Der harte, berechnende Ausdruck ist aus ihrem Gesicht verschwunden. Sie starrt ihn einen Augenblick lang an, völlig verwirrt von ihren widersprüchlichen Gefühlen. Dann geht sie hinein und läßt die Tür auf. Sie öffnet die Verbindungstür zwischen ihrem Zimmer und dem erleuchteten Wohnzimmer, und man sieht sie in die Küche gehen. Durch die offene Verbindungstür fällt Licht in ihr Zimmer, und man erkennt im Türrahmen hinter Tyrone das Fußende des Bettes, das den größten Teil des Zimmers einnimmt, und einen Teil der Wand, die aus rohen Holzbrettern besteht. Tyrone starrt immer noch ins Leere, aber er wird langsam unruhig. Seine Hände und sein Mund fangen an zu zucken.

TYRONE *plötzlich mit leidenschaftlichem Haß* Du bist ein mieses Schwein, Jim! *Er springt auf, kramt in seinen Taschen nach Zigaretten und zündet ein Streichholz an. Im Lichtschein erkennt man sein von quälenden Gewissensbissen verzerrtes Gesicht. Seine Hand zittert so heftig, daß er es nicht schafft, die Zigarette anzuzünden.*

Vorhang

Dritter Akt

Schauplatz: Die vordere Wand des Wohnzimmers steht wieder, und man kann lediglich durch die zwei Fenster in den erleuchteten Raum sehen. Sonst ist alles unverändert, und der Akt schließt sich ohne zeitlichen Abstand an den vorhergehenden an. Tyrone versucht immer noch, mit zitternden Händen die Zigarette anzuzünden. Schließlich gelingt es ihm, er zieht den Rauch tief ein und beginnt auf und ab zu gehen, als wäre er im Käfig seiner eigenen Gedanken gefangen. Er flucht trotzig. »Verdammt noch mal, fehlt nicht viel, und du fängst an zu flennen.« Er beginnt mit verhaltener Stimme und voller Hohn eine alte Schnulze zu singen, die in den Neunzigern populär war.

TYRONE »Das Kindlein schreit, sie hört's nicht mehr,
vorne beim Gepäck.«

Der Hohn verschwindet aus seiner Stimme, und in seinem Gesicht zeigen sich Schuldbewußtsein und Schmerz. Mein Gott! *Er ist kurz vor dem Zusammenbruch und kämpft gegen die Tränen an.* Schluß jetzt, du versoffener Idiot! *Durch die Fenster sieht man Josie aus der Küche kommen. Er dreht sich um, und man sieht ihm die Erleichterung an.* Gott sei Dank!

Er setzt sich auf den Felsblock und wartet. Josie bleibt am Wohnzimmertisch stehen und dreht die Lampe herunter, bis sie nur noch schwach leuchtet. Sie hat eine Flasche Whiskey unterm Arm, zwei große Gläser und einen Krug Wasser. Sie geht durch ihr Schlafzimmer und erscheint in der Tür. Tyrone steht auf.

Ah, da kommt ja meine Medizin! *Er nimmt ihr den Krug und die Gläser ab, als sie die Stufen herunterkommt.*

JOSIE *mit starrem Lächeln* Tust grad so, als wär ich 'ne Ewigkeit weggewesen. Hast eben gar nicht den Eindruck gemacht, als würdest du umkommen vor Durst.

TYRONE *in seiner gewohnten, leicht scherzhaften Art* Vor Sehnsucht nach dir. Ich bin fast gestorben vor Einsamkeit.

JOSIE Wenn du an was stirbst, dann an deinen Lügen. Aber ich bin froh, daß du noch lebst, vorhin dachte ich, gleich stirbt er mir weg.

TYRONE Pech gehabt!

JOSIE Hör auf, so zu reden. Komm, trink was. Wir nehmen den Stein als Tisch, und ich spiel den Barkeeper. *Er stellt den Krug und die Gläser auf den Felsblock. Sie entkorkt die Flasche und wirft ihm einen kurzen Blick zu – erschrocken.* Was ist mit dir, Jim? Du machst ein Gesicht, als hättest du einen Geist gesehen.

TYRONE *sieht weg – trocken* Hab ich auch. Meinen eigenen. Ein widerlicher Kerl.

JOSIE Ja, der eigene ist immer der schlimmste. Ich weiß, wovon ich rede. Aber das hier vertreibt die bösen Geister. *Sie schenkt eins der großen Gläser halb voll und gibt es ihm.* Da. Aber warte, ich trinke auch was! *Sie schenkt das andere Glas halb voll.*

TYRONE *erstaunt* Na so was! Ich dachte, du rührst das Zeug nicht an.

JOSIE *schlagfertig* Bei besonderen Gelegenheiten schon. Und heute ist eine. Schließlich müssen wir unseren Sieg über Harder feiern. *Sie wirft ihm einen bitterbösen Blick zu. Als sie bemerkt, daß er sie verblüfft ansieht, lacht sie gekünstelt auf.* Schau mich nicht so an, ich mein's ernst. Ein, zwei Gläschen, und ich bin gleich viel umgänglicher und hab mehr vom Mondschein und der Nacht mit dir. Auf dein Wohl. *Sie stößt mit ihm an.*

TYRONE *zuckt mit den Achseln* Also dann, zum Wohl.

Sie trinken, und sie verschluckt sich und hustet. Er gießt ihr Wasser ins Glas. Sie trinkt. Er stellt sein Glas und den Krug auf den Felsblock und starrt sie stirnrunzelnd an.

JOSIE Ich hab was in die falsche Kehle gekriegt.

TYRONE Das seh ich. Das kommt davon, wenn man die Gläser zu voll schenkt.

JOSIE Das ist das erste Mal, daß du dich über ein zu volles Glas beschwerst.

TYRONE Deins war zu voll.

JOSIE Ich bin da ganz wie mein Vater. Ich hab 'ne robuste Natur. Du brauchst also keine Angst zu haben, daß ich schlapp mache und du mich ins Bett bringen mußt. *Lacht keß* Gar keine schlechte Idee. Ich muß nur so tun, als ob –

TYRONE *gereizt* Laß diese losen Sprüche. Du hast vorhin gesagt –

JOSIE *spöttisch, mit ärgerlichem Unterton* Daß ich anders sein würde? Stimmt. Ich hab vergessen, daß ich dir zuliebe heute abend die arme unschuldige Jungfrau spielen soll.

TYRONE *in einem seltsamen, fast drohenden Ton* Sieh dich vor, Josie, sonst komm ich noch auf dumme Ideen. *Er sieht sie lüstern an, als wollte er sie mit Blicken ausziehen.* Ich hätte gute Lust. Das weißt du doch?

JOSIE *keck* Gar nichts weiß ich. Du gibst doch nur an.

TYRONE *reißt sie in seine Arme – mit echter Leidenschaft* Josie! *Dann läßt er sie ebenso plötzlich wieder los.* Nein, Schluß damit. *Er wendet sich ab. Ihr Gesicht verrät, wie Furcht, Leidenschaft, Glück und bitterer Groll miteinander kämpfen. Er fährt in völlig verändertem Ton fort.* Wie wär's mit noch 'nem Whiskey? Ein echter, alter Bourbon. Wie zum Teufel ist Phil denn an den rangekommen?

JOSIE Tom Lombardo, der Schnapsschmuggler, hat ihm 'ne Kiste geschenkt, weil er 'ne ganze Fuhre bei uns in der Scheune verstecken durfte, als die Zollbeamten hinter ihm her waren. Er hat das Zeug mit falschen Papieren aus 'ner Lagerhalle geklaut. *Währenddessen schenkt sie ein, für ihn ein halbes Glas voll, für sich nur einen kleinen Schluck.* Da. *Sie gibt ihm das Glas und lächelt ihn kokett an – offenbar fängt der Whiskey bei ihr an zu wirken, denn sie wird immer kesser.* Komm, suchen wir uns ein Plätzchen, wo uns der Mond in die Augen scheint, wir wollen es uns ein bißchen romantisch machen. *Sie nimmt ihn am Arm und führt ihn zu den Stufen vor ihrem Zimmer. Sie setzt sich auf die oberste Stufe und zieht ihn zu sich herunter, so daß er schräg neben ihr auf der Stufe darunter sitzt. Sie hebt ihr Glas.* Darauf, daß du mutiger wirst, ehe die Nacht um ist, und mich wenigstens küßt.

TYRONE *runzelt die Stirn – dann scherzhaft* Abgemacht. Prost.

Er leert sein Glas in einem Zug. Sie trinkt ihr Glas halb aus. Er stellt sein Glas neben sich auf die Erde. Eine Pause entsteht. Sie versucht, ohne daß er es bemerkt, in seinem Gesicht zu lesen. Er scheint wieder in tiefes Grübeln zu versinken.

JOSIE Fang jetzt bloß nicht wieder an, Trübsal zu blasen, wie vorhin, als du mehr tot als lebendig warst.

TYRONE *rasch* Nein, nein. Als du im Haus warst, hat's mich noch mal ordentlich gepackt, aber das war's dann für heute. *Auch bei ihm fängt der Whiskey an zu wirken – seine Stimme klingt jetzt ein wenig rührselig.* Die Vergangenheit ist tot, und die Toten begraben.

JOSIE Das ist'n Wort. Es gibt nur diese Nacht und den Mond und uns – und den guten Bourbon. Trink noch was, du brauchst nicht auf mich zu warten.

TYRONE Jetzt nicht, danke. Das geht mir zu schnell. *Er wirft ihr einen interessierten und sarkastischen Blick zu.* Willst du mich besoffen machen, Josie?

JOSIE *zuckt zusammen – rasch* Nein. Ich will nur, daß du dich wohl fühlst und deinen Kummer vergißt.

TYRONE *scherzhaft* Ich könnte aber auch meine guten Manieren vergessen. Also sieh dich vor.

JOSIE Da bin ich aber gespannt – hoffentlich sind das nicht nur leere Versprechungen. Und damit du nicht glaubst, daß ich dich besoffen machen will – hier. *Sie trinkt ihr Glas aus.* Siehst du, dann hätt ich's auch drauf angelegt, mich selber besoffen zu machen.

TYRONE Kann man nie wissen.

JOSIE *ärgerlich* Und wenn's so wär, müßtest du dich eigentlich wie zu Hause fühlen. Saufen die hübschen, kleinen Broadwayflittchen etwa nicht mit dir?

TYRONE *gereizt* Jetzt fängst du schon wieder damit an!

JOSIE Nein, schon gut. *Sie lacht gekünstelt.* Ich muß ja rasend eifersüchtig auf sie sein!

TYRONE Das brauchst du nicht. Die zählen doch gar nicht.

JOSIE Und ich schon?

TYRONE Ja, du schon.

JOSIE Nur für heute nacht, meinst du?

TYRONE Wir haben abgemacht, daß es nur diese Nacht gibt und daß sie anders sein soll, als alle vergangenen Nächte – für uns beide.

JOSIE *betont scherzhaft* Na, hoffentlich. Ich werd versuchen, mich zu bremsen. Ich bin wahrscheinlich nur neidisch, weil ich mir deine Broadwayflammen so hübsch und zierlich und zart vorstelle –

TYRONE Das sind doch nur Schlampen, die hinterm Geld her sind.

JOSIE *überhört das* Und ich nur eine plumpe, häßliche Kuh bin.

TYRONE Sei still! Du bist schön.

JOSIE *höhnisch, aber mit zitternder Stimme* Gott hab Erbarmen mit den Blinden.

TYRONE Ich finde dich schön.

JOSIE Daran ist sicher der Bourbon schuld –

TYRONE Du bist wirklich und gesund und sauber, natürlich und gut und warm und stark und lieb –

JOSIE Du meinst, ich hab 'ne schöne Seele.

TYRONE Mit Frauenseelen kenn ich mich nicht aus – *Er nimmt ihre Hand.* Aber ich weiß, du bist schön. *Er küßt ihr die Hand.* Und ich hab dich sehr lieb – auf meine Art.

JOSIE *stammelt* Jim – *Hastig schlägt sie ihren koketten Tonfall an.* Na, plötzlich überschüttest du mich mit Komplimenten. Ich will dir zeigen, wie sehr mich das freut. *Sie zieht seinen Kopf zu sich heran und küßt ihn – ein kurzer, scheuer Kuß.* Das ist für die schöne Seele.

TYRONE *Der Kuß weckt sein Verlangen. Er zieht ihren Kopf zu sich hinunter und sieht ihr in die Augen.* Du hast auch einen schönen kräftigen Körper, Josie – und schöne Augen und Haare, und ein schönes Lächeln und schöne, warme Brüste. *Er küßt sie. Sie schrickt für einen Moment zurück, dann erwidert sie seinen Kuß. Plötzlich reißt er sich los – gereizt und schuldbewußt.* Nein, Josie! Nein! Sei nicht so dumm. Du darfst nicht zulassen, daß ich mit diesem Unfug anfange.

JOSIE *triumphiert einen Moment lang* Du hast es ernst gemeint! Ich weiß, daß du es ernst gemeint hast. *Dann mit bitterem Groll – schroff* Mein Gott, du hast recht, wie konnte ich nur so dumm sein und vergessen, daß du der größte Lügner bist, den es gibt. *Rasch* Ich meine, der größte Sprücheklopfer. Na, wie wär's jetzt mit 'nem Whiskey?

TYRONE *starrt ins Leere – dunkel* Du begreifst nicht, Josie. Du weißt ja nicht, wie das ist – und wirst es hoffentlich nie –

JOSIE *platzt heraus – bitter* Vielleicht weiß ich mehr, als du denkst.

TYRONE *überhört das* Es bleibt immer ein schaler Nachgeschmack, der einem das Leben zur Hölle macht. Und ich will nicht, daß auch du –

JOSIE Was redest du da, ich –

TYRONE Und ich will auch nicht, daß es mir so geht – nicht noch einmal – nicht mit dir. *Er hält inne – langsam.* Es waren zu viele Nächte – und zu viele Morgengrauen. Diesmal muß es anders sein. Ich will – *Seine Stimme erstirbt.*

JOSIE *versucht in seinem Gesicht zu lesen – unbehaglich* Krieg jetzt bloß nicht wieder deine Zustände – *Sie rüttelt ihn an der Schulter – bemüht sich, einen unbeschwerten Tonfall anzuschlagen.* Na, ich glaub, du weißt selbst nicht, was du willst. Außer noch 'nen Whiskey, da bin ich mir sicher. Und ich will auch noch einen.

TYRONE *fängt sich wieder* Prima! Großartige Idee! *Er steht auf und holt die Flasche vom Felsblock. Er nimmt sein Glas und schenkt sich einen großen Schluck ein. Sie hält ihm ihr Glas hin, aber er ignoriert das.*

JOSIE Nicht gerade höflich, sich selbst zuerst einzuschenken.

TYRONE Wie gesagt, das mit dem Whiskey war 'ne großartige Idee – für mich, aber nicht für dich. Diesmal setzt du aus.

JOSIE *ärgerlich* So, meinst du? Willst du mir Vorschriften machen?

TYRONE Ja! Nimm lieber noch 'nen großen Schluck Mondschein.

JOSIE *wütend* Schenk mir gefälligst 'nen Whiskey ein, Jim Tyrone, sonst –

TYRONE *starrt sie an. Dann zuckt er mit den Achseln.* Na gut, wie du willst, Josie. Selber schuld. *Er schenkt ihr einen Whiskey ein.*

JOSIE *beschämt, aber trotzig – steif* Besten Dank. *Sie hebt ihr Glas – spöttisch.* Auf heute nacht.

Tyrone starrt sie voller Ekel und Bitterkeit an. Plötzlich schlägt er ihr das Glas aus der Hand.

TYRONE *Seine Stimme klingt hart – voller Abscheu.* Ich hab zu viele Nächte mit betrunkenen Weibern geschlafen.

JOSIE *starrt ihn an, zu verwirrt und erschrocken, um wütend zu sein. Ihre Stimme zittert – überraschend sanft.* Gut Jim, wenn du nicht willst, daß ich –

TYRONE *genauso verblüfft über seine Reaktion wie sie* Tut mir leid, Josie. Der Whiskey – Ich weiß nicht, was in mich gefahren ist. *Er hebt ihr Glas auf.* Hier, ich schenk dir 'nen neuen ein.

JOSIE *sanft* Nein danke. Ich setze aus. *Sie stellt das Glas wieder auf die Erde.* Aber trink du nur.

TYRONE Danke. *Er leert sein Glas in einem Zug. Völlig abwesend schenkt er sich nach. Plötzlich bricht es aus ihm heraus – voller Ekel und Schuldbewußtsein.* Diese fette, blonde Schlampe im Zug – ich hab sie mit Whiskey abgefüllt! Darum hab ich – *Er hält schuldbewußt inne.*

JOSIE *unbehaglich* Wovon redest du? Was für ein Zug?

TYRONE Ach nichts. Vergiß es! *Er leert sein Glas und schenkt sich mit derselben Abwesenheit wie vorhin nach.* Vielleicht erzähl ich's dir mal – später, wenn ich – das wird dich kurieren – ein für allemal! *Plötzlich wird er sich bewußt, was er sagt. Er reagiert darauf mit seinem typischen Achselzucken – zynisch.* Blödsinn! Ich rede mal wieder wirres Zeug. Ich bin doch wohl bezechter, als ich dachte – meine kleinen grauen Zellen funktionieren nicht mehr. *Trübsinnig* Besser ich geh ins Wirtshaus zurück, leg mich ins Bett und fall dir nicht weiter auf die Nerven, Josie.

JOSIE *scheltend, aber voller Mitgefühl* Das wirst du nicht, und wenn ich dich anbinden muß. Komm schon, nimm dein Glas und setz dich wieder her. *Er tut es. Sie tätschelt seine Wange – scherzhaft.* So ist's brav. Und ich trink auch keinen Whiskey mehr. Ich bin schon ein bißchen beschwipst. Mehr wollte ich nicht. Alles ist weit weg, und nichts zählt mehr – nur der Mond und seine Träume, und ich bin Teil dieser Träume – und du auch. *Sie fügt mit einem wehmütigen Lachen hinzu.* Ich vergesse dauernd, was ich nicht vergessen darf. Ich hoffe immer noch, daß es nicht wahr ist, obwohl ich weiß, daß es dumm von mir ist.

TYRONE *benebelt* Was ist dumm von dir?

JOSIE Ach, nichts. *Sie lacht gekünstelt.* Mir ist gerade was eingefallen. Wenn mein armer alter Vater gesehen hätte, wie du seinen besten Whiskey verschüttest – Heilige Maria, Mutter Gottes, den hätte gleich dreimal der Schlag getroffen!

TYRONE *grinst* Ja, das kann ich mir lebhaft vorstellen. *Er hält inne – dann belustigt und voller Herzlichkeit.* Ach, der tut immer nur so, als wär er knickrig, aber seine Freunde wissen es besser. Er würde ihnen sein letztes Hemd geben. Er ist ein prima Kerl, Josie. *Ein bißchen rührselig* Der einzig wirkliche Freund, den ich noch habe – außer dir. Ich hab ihn verdammt gern.

JOSIE *gepreßt – angewidert von seiner Heuchelei* Ogottogott!

TYRONE *zuckt mit den Achseln* Das klingt zwar nach Gefühlsduselei und Wirtshausgefasel, aber ich mein's ernst.

JOSIE So, tust du das? Von den Vorzügen meines Vaters brauchst du mir nichts erzählen.

TYRONE Du solltest etwas mehr Respekt haben vor ihm, denn er liebt dich abgöttisch – und er kennt dich besser, als du glaubst. *Er dreht sich zu ihr um und grinst.* Fast so gut wie ich.

JOSIE *abweisend* Das heißt nicht viel! Ich kann mir schon vorstellen, was du dir denkst – *Mit gekünsteltem Lachen – verächtlich* Und wenn's das ist, mein Gott, dann bist du ein ganz schöner Dummkopf.

TYRONE *neckisch* Wenn es was ist? Ich hab kein Wort gesagt.

JOSIE Ist auch besser so, sonst lach ich mich tot. *Sie wechselt abrupt das Thema.* Warum trinkst du nichts? Siehst aus, als hättest du vergessen, daß du ein Glas in der Hand hältst. Das macht mich ganz nervös.

TYRONE Hab ich tatsächlich vergessen. Prost. *Er trinkt.*

JOSIE Schenk dir noch was ein.

TYRONE *ein wenig betrunken* Das brauchst du mir nicht zweimal sagen! Echter, alter Bourbon. Mein Lieblingswhiskey. *Er geht zum Felsblock, um die Flasche zu holen. Er ist so sicher auf den Beinen, als wäre er völlig nüchtern.*

JOSIE *unbeschwert* Bring doch die Flasche mit, dann haben wir sie zur Hand, und du mußt nicht dauernd weglaufen. Du fehlst mir.

TYRONE *kommt mit der Flasche zurück. Er lächelt sie zynisch an.* Willst mich wohl immer noch besoffen machen, Josie?

JOSIE So dumm bin ich nicht – bei dem, was du verträgst.

TYRONE Nimm dich in acht, sonst passiert's noch – und stell dir vor, wie elend du dich fühlen würdest, wenn ich neben dir liege und schnarche, während du das Morgengrauen heraufziehen siehst. Du weißt nicht –

JOSIE *trotzig* Und ob ich das weiß! Was glaubst du, wie oft ich so was schon erlebt habe!

TYRONE *als hätte er nicht zugehört – bitter* Aber glaub mir, ich weiß es. Ich habe dieses gottverdammte Morgengrauen zu oft über schmutzige Fenster kriechen sehen.

JOSIE *übergeht das – keck* Aber mit dir wär's vielleicht anders. Die Liebe kann alles verändern. Und ich hab mich Hals über Kopf in dich verliebt, als du gesagt hast, daß du meine schöne Seele liebst. *Wieder scheint er nicht zugehört zu haben – ärgerlich.* Steh nicht da wie ein Ölgötze und traure der Vergangenheit nach. Warum schenkst du dir nicht noch was ein und setzt dich?

TYRONE *betrachtet das Glas und die Flasche – als hätte er vergessen, daß er sie in Händen hält – postwendend* Nicht zu fassen, echter Bourbon. Da kenn ich mich aus. Hätte ich 'nen Dollar für jeden Bourbon, den ich vor der Prohibition getrunken habe, könnte ich unseren kleinen Tyrannen Harder als Butler engagieren. *Josie richtet sich auf, ihre Gesichtszüge werden hart. Tyrone schenkt sich nach und stellt die Flasche auf die Erde. Plötzlich sieht er ihr in die Augen – warnend.* Ich hoffe, du vergißt nicht, daß ich auch von deinem schönen Haar und deinen schönen Augen gesprochen habe – und deinen Brüsten.

JOSIE Ich hab's nicht vergessen. *Sie versucht, sich verführerisch zu geben.* Setz dich, du darfst auch deinen Kopf –

TYRONE Nein. Wenn du dich nicht in acht nimmst, muß ich es für dich tun. *Er setzt sich, aber ohne sich zurückzulehnen.* Und fall nicht drauf rein, wenn ich sag, daß ich zu besoffen bin, und nicht mehr weiß, was ich tue. Ich weiß immer, was ich tue. Eigentlich weiß ich es immer. Das ist das Problem. *Er hält inne. Dann platzt er heraus – in einem seltsam drohenden Tonfall.* Sieh dich vor, Josie. Auch sie hat es damals drauf angelegt, mich besoffen zu machen. Sie hat sich ins Fäustchen gelacht und gedacht, sie könnte mich ausnehmen. Später ist ihr das Lachen vergangen –

JOSIE Welche sie? *Er antwortet nicht. Sie schlägt einen unbe-*

schwerten Ton an. Du denkst hoffentlich nicht, ich würd's drauf anlegen, dich auszunehmen.

TYRONE *abwesend* Was? *Er kommt wieder zu sich – entrüstet.* Natürlich nicht. Um Gottes willen, was redest du da? Du bist doch kein Flittchen.

JOSIE *schroff* Nein, ich bin so blöd und mach's umsonst.

TYRONE *wütend* Schon wieder diese dummen Sprüche! Du lügst! Himmelherrgott, kannst du nicht endlich mal mit diesem ordinären Zeug aufhören?

JOSIE *getroffen* Hör zu, Jim. Betrunken oder nicht, so darf mir niemand kommen, sonst –

TYRONE Dann komm du mir nicht dauernd mit deinem ordinären Gerede! Du hast es mir versprochen. *Er hält inne – abwesend.* Du verstehst das nicht, Josie. Weißt du, sie war eine der ordinärsten Schlampen, die mir je begegnet ist.

JOSIE Welche sie? Meinst du die Blondine im Zug?

TYRONE *zuckt zusammen – heftig* Zug? Wer hat dir das erzählt – *Rasch* Ach ja – richtig – ich selbst – *Abwesend* Welche Blondine? Egal, ist eine wie die andere! Auf dem Rückweg von der Westküste. Schon lange her. Aber es kommt mir vor, als wär's grad erst passiert. Es gibt keine Gegenwart und keine Zukunft – nur die Vergangenheit, die sich ständig wiederholt. Man kann ihr nicht entkommen. *Abrupt* Blödsinn! So ein dummes Geschwätz!

JOSIE Du bist vor ungefähr einem Jahr von der Westküste gekommen, nach – *Sie hält im letzten Moment inne.*

TYRONE *trübsinnig* Ja. Nach Mamas Tod. *Rasch* Aber während meiner Karriere als drittklassiger Schauspieler war ich oft drüben an der Küste. Ich weiß nicht mehr, wann es war – ich weiß überhaupt kaum noch was – außer, daß ich die ganzen vier Tage stockbesoffen in meinem Einzelabteil verbracht habe. *Abrupt* Von was haben wir gerade gesprochen? Ach ja, von Phil und was für ein prächtiger Bursche er ist. Du kannst froh sein, daß du so einen Vater hast. Meiner war ein Scheißkerl.

JOSIE War er nicht! Er war ein Gentleman, einer der nettesten Menschen weit und breit.

TYRONE *höhnisch* Klar, anderen gegenüber. Aber zu Hause war er ein Scheißkerl und geizig noch dazu.

JOSIE *abgestoßen* Du solltest dich schämen!

TYRONE Weil ich schlecht von den Toten rede! Blödsinn! Er kann's nicht mehr hören, und außerdem weiß er, daß ich ihn gehaßt habe – genau wie er mich gehaßt hat. Ich bin froh, daß er tot ist. Und er auch. Sollte er wenigstens. Jeder sollte froh sein, wenn er nur 'nen Funken Verstand hat. Raus aus dem ganzen Schlamassel. In Frieden ruhen! *Er zuckt mit den Achseln.* Alles Blödsinn! Was soll's?

JOSIE *gepreßt* Bitte nicht, Jim. Ich hasse es, wenn du so redest. *Sie schlägt einen unbeschwerten Ton an.* Willst du uns die schöne Mondnacht verderben? Und erzähl nichts von deinen früheren Liebschaften. Da werd ich eifersüchtig.

TYRONE *schüttelt sich vor Abscheu* Auf diese Schlampe? *Er trinkt seinen Whiskey, als müßte er einen schlechten Geschmack hinunterspülen. Dann ergreift er mit beiden Händen ihre Hand – schlicht.* Du brauchst auf niemand eifersüchtig zu sein. Du bist die einzige Frau, an der mir überhaupt was liegt.

JOSIE *wider Willen gerührt – mit bebender Stimme* Jim, bitte nicht – *Sie lacht krampfhaft auf.* Na schön, ich will's mal glauben – jedenfalls für heute nacht.

TYRONE *schlicht* Danke, Josie. *Eine Pause entsteht. Dann neugierig* Warum hast du vorhin gesagt, ich würde bald nach New York fahren?

JOSIE *erstarrt. Ihre Gesichtszüge werden hart.* Und, hab ich nicht recht? *Sie versucht unwillkürlich, ihre Hand wegzuziehen.*

TYRONE Warum ziehst du deine Hand weg?

JOSIE *hält in der Bewegung inne* Hab ich das? *Zwingt sich zu einem Lächeln.* Vielleicht, weil es komisch aussieht, wenn du meine große häßliche Pranke so sanft hältst. Aber wenn's dir gefällt, bitte.

TYRONE Es gefällt mir. Deine Hand ist stark und lieb und warm – so wie du. *Er küßt ihre Hand.*

JOSIE *gepreßt* Ogottogott! *Sie zieht die Hand mit einem Ruck weg – dann hastig und betont scherzhaft.* Jetzt küßt er mir auch noch die Hand! Mensch, da lacht uns ja sogar der Mond aus!

TYRONE Hör auf mit dem blöden Mond! 'ne Laterne auf'm Broadway wär mir tausendmal lieber als alle Mondnächte seit Ramses Zeiten. *Er holt seine Zigaretten aus der Tasche und steckt sich eine an.*

JOSIE *sieht ihn im Schein des Streichholzes prüfend an* Du fährst also morgen abend zu deinem geliebten Broadway zurück?

TYRONE *hat immer noch das brennende Streichholz in der Hand und starrt sie überrascht an* Morgen abend? Woher hast du das?

JOSIE Die Spatzen pfeifen's von den Dächern.

TYRONE *bläst mit dem Rauch der Zigarette das Streichholz aus* Auf die Spatzen kannst du pfeifen! Ende der Woche kommt eher hin, Phil hat wohl die Termine durcheinandergebracht.

JOSIE *rasch* Ich hab's nicht von ihm. Er war zu besoffen, um sich an irgendwas zu erinnern.

TYRONE Er war nüchtern, als ich's ihm gesagt hab. Gleich als wir in die Kneipe gekommen sind, hab ich beim Notar angerufen und erfahren, daß die Erbschaft in ein paar Tagen freigegeben wird. Dann hab ich Phil die gute Nachricht überbracht und 'ne Lokalrunde geschmissen. Es war'n richtiges Fest. Komisch, daß Phil sich nicht daran erinnert.

JOSIE *verblüfft – weiß nicht, was sie glauben soll* Ja – komisch.

TYRONE *zuckt mit den Achseln* Na gut, er war randvoll. Das erklärt manches. *Dann mit seltsamer Stimme* Aber nicht alles.

JOSIE Nein, nicht alles.

TYRONE *will nicht weiter darüber nachdenken und fährt fort, ohne wirklich bei der Sache zu sein* Phil hat sicher 'nen Mordsrausch gehabt. Er hat noch nie versucht, mir eine zu verpassen! Und dann sein Gefasel, daß ich's verdient hätte. Möchte wissen, was in ihn gefahren ist?

JOSIE *gepreßt* Woher soll ich das wissen, wenn du's nicht weißt?

TYRONE Also ich hab keine Ahnung. Es sei denn – da fällt mir ein, ich hab mir 'nen kleinen Spaß mit ihm erlaubt. Simpson hat sich zu uns gesetzt. Harder hat ihn geschickt. Weißt du noch, daß ich heute nachmittag, als Harder weg war, gesagt habe, ihr hättet die Farm für mich zu 'ner Goldgrube gemacht und euch damit ins eigene Fleisch geschnitten. Das war natürlich nur 'n Scherz, aber ich hatte den richtigen Riecher. Stell dir vor, was Simpson mir im Auftrag von Harder geboten hat. Zehn Riesen! Ob du's glaubst oder nicht, Josie.

JOSIE *gepreßt* Und du bist drauf eingegangen?

TYRONE Ich hab so getan und Simpson gesagt, er soll Harder sagen, ich wär einverstanden. Ich wollte ihm 'ne kleine Lektion erteilen, und deswegen sollte er glauben, er hätte sein Ziel erreicht. Aber wenn er mich morgen früh abholen will, um mit mir zum Notar zu fahren, werd ich ihm schon stecken, was er mit sich, seinem Bankkonto und seinem ganzen Öl machen kann!

JOSIE *weiß, daß er die Wahrheit sagt – so erleichtert, daß sie nur noch vor sich hin stammeln kann* Ach, so war die Sache also.

TYRONE *lächelt* Natürlich wollte ich Phil auch ein bißchen damit aufziehen. Er hat ja alles mitangehört. Aber ich bin sicher, er ist nicht drauf reingefallen.

JOSIE *matt* Na, wer weiß, vielleicht doch.

TYRONE Und deswegen wollte er mir eine verpassen? *Er lacht, aber es klingt etwas gekünstelt.* Na, wenn das so ist, hab ich ihn ja ganz schön an der Nase rumgeführt. *Jetzt gekränkt und bitter* Trotzdem kränkt es mich, Josie. Ich hab mein Wort gegeben, daß ich nur an ihn verkaufe. Was zum Teufel denkt der eigentlich von mir? Er sollte doch wissen, daß ich euch niemals hintergehen würde – nicht mal für zehn Millionen!

JOSIE *läßt jetzt ihrer Erleichterung und Freude freien Lauf* Ich hab's gewußt! Oh, Jim, Liebster! *Sie umarmt ihn leidenschaftlich und küßt ihn.* Ich wußte, daß du nie – ich hab's ihm gesagt – *Sie küßt ihn wieder.* Oh, Jim, ich liebe dich.

TYRONE *wieder mit schlichter Dankbarkeit* Danke, Josie. Ich meine dafür, daß du mich nicht für so ein Schwein hältst. Alle anderen halten mich dafür – ich selber auch – und zwar aus verdammt gutem Grund. *Er wechselt abrupt das Thema.* Ich bin ja dumm, daß ich mir die Sache mit Phil so zu Herzen nehme – Und ich hab ihm sogar erzählt, daß ich meinem Bruder geschrieben und sein Okay bekommen habe, die Farm an Phil zu verkaufen. Und Phil hat sich bedankt. Er war gerührt und freute sich. Ich hätte nicht gedacht, daß er das vergißt.

JOSIE *mit einem harten und bitteren Gesichtsausdruck* Ich auch nicht. Er wird mir 'ne Menge zu erklären haben, wenn er bei Sonnen – *Hastig* wenn er zurückkommt. *Sie hält inne, dann platzt sie heraus.* Dieser verdammte Intrigant! Dem werd ich beibringen, mich – *Sie beherrscht sich wieder.* Sich so idiotisch zu benehmen.

TYRONE *lächelt* Dann holst du den guten, alten Knüppel raus, was, Josie? Ist doch alles nur Bluff! *Stichelnd* Du und deine Liebhaber, Messalina – wo du noch nie –

JOSIE *mit einem schwachen Aufflackern ihres alten Trotzes* Das ist nicht wahr.

TYRONE »Hochmut kommt vor dem Fall!« So was hast du doch mir gegenüber nicht nötig.

JOSIE *kleinlaut* Du denkst, ich hätte nie, weil mich niemand – weil ich so eine plumpe, häßliche Kuh –

TYRONE *sanft* Blödsinn! Du hättest sie alle haben können. Du hast so lange mit ihnen rumgeschäkert, bis sie dich haben wollten. Aber damit hatte sich's, und wehe, wenn sie mehr wollten, dann hast du ihnen eins übergebraten. Du mußtest dir einfach immer wieder beweisen, daß du –

JOSIE *gepeinigt* Nicht, Jim.

TYRONE Doch, es ist wahr, Josie. Du kannst es ruhig zugeben. Wir beide sind vom gleichen Schlag. Wir können die ganze Welt an der Nase rumführen, aber uns selbst können wir nichts vormachen, wie die meisten Menschen – egal, was wir tun, egal, wohin wir gehen, wir entkommen der Wahrheit nicht. Ob auf dem Grund einer Flasche oder auf einer Südseeinsel, überall treffen wir unsere Geister, die auf uns warten, und uns begrüßen – »schlaflos mit blassem, mahnendem Blick«, wie Rosetti schrieb. *Voller Selbstverachtung* Scheißpoesie! Alles Quatsch! *Wieder stichelnd* Willst du nicht wissen, wie ich dir auf die Schliche gekommen bin, Josie? Du trägst zu dick auf! Und die Burschen auch. Ich hab ihnen im Wirtshaus zugehört. Sie lügen sich gegenseitig was vor. Keiner will zugeben, daß er sich allerhöchstens ein paar Ohrfeigen eingehandelt hat, weil jeder glaubt, alle anderen hätten's geschafft. Das darfst du ihnen nicht übelnehmen. Außerdem wissen sie, daß es dir sowieso egal ist, was sie erzählen. Also –

JOSIE Um Gottes willen, Jim. Bitte nicht.

TYRONE Phil hat dich natürlich durchschaut, und er weiß auch, daß ich's weiß, aber er hat's bis heute abend nie zugegeben.

JOSIE *erschrickt – gehässig* So, hat er das? Wenn ich den erwische!

TYRONE Dir gegenüber würde er's nie zugeben. Er will dir nicht weh tun.

JOSIE So, wirklich? Na, dann – *Fast hysterisch* Hör um Gottes willen endlich auf damit!

TYRONE *sieht überrascht zu ihr hoch – dann achselzuckend* Bitte. Ich wollte nur ein paar Dinge klarstellen, das ist alles – Phil zuliebe und dir zuliebe. Verdammt noch mal, du brauchst nicht gleich eingeschnappt zu sein. Wenn einer Grund dazu hat, dann er. Merkst du denn nicht, in was für eine Zwickmühle du ihn bringst mit deinem schamlosen Benehmen?

JOSIE *gepreßt* Nein. Dem liegt nichts an mir, den interessiert doch nur, wie er mich für seine hinterhältigen Pläne benutzen kann. Er –

TYRONE Red nicht so dummes Zeug, natürlich liegt ihm was an dir – und mir auch. *Er dreht sich um, zieht ihren Kopf zu sich hinunter und küßt sie.* Mir liegt sogar sehr viel an dir. Ich liebe dich, Josie.

JOSIE *mit bemitleidenswerter Sehnsucht* Wirklich, Jim? Du liebst mich? *Sie lächelt gequält – mit zittriger Stimme.* Dann will ich dir die Wahrheit gestehen. Ich war so schrecklich dumm – Ich bin noch Jungfrau, Jim. *Sie fängt vor lauter Scham und Verzweiflung an zu schluchzen.* Und jetzt wirst du nie – aber ich möcht's doch so gerne – mehr denn je – weil ich dich mehr denn je liebe, nach allem was passiert ist – *Plötzlich küßt sie ihn mit wilder Leidenschaft.* Doch, du wirst! Dafür werd ich sorgen! Zum Teufel mit deinen Gewissensbissen. Ich weiß, daß du mich haben willst! Bis heute abend hab ich's nicht geglaubt – aber jetzt bin ich sicher. Deine Küsse haben es mir bewiesen. *Sie küßt ihn wieder mit leidenschaftlicher Zärtlichkeit.* Du großer dummer Junge! Soll kommen, was will! Ich habe diese Nacht und deine Liebe und werde mich mein Leben lang daran erinnern. *Sie küßt ihn wieder.* Oh, Jim, Liebster, hast du nicht selbst gesagt, es gibt nur diese Nacht? *Sie flüstert zärtlich.* Komm. Komm mit. *Sie steht auf und zieht ihn am Arm hoch – sie lacht leise in sich hinein.* Aber ich muß dafür sorgen, daß du vor Sonnenaufgang verschwindest. Das darf ich nicht vergessen.

TYRONE *Ein seltsamer Wandel ist in seinem Gesicht vor sich gegangen. Er mustert sie mit zynischen, wollüstigen Blikken und spricht mit schwerer Zunge, als wäre er plötzlich sehr betrunken.* Klar, Baby. Was glaubst du, warum ich hergekommen bin, verdammt noch mal? Ich wollt's nur nicht wahrhaben. *Er tritt neben sie, legt den Arm um sie und preßt ihren Körper an sich.* Du bist richtig, Baby. Ich wollte dich schon immer haben. Liebe, so 'n Blödsinn! Ich zeig dir, was Liebe ist. Ich weiß, was du brauchst, Schätzchen. *Sie starrt ihn entsetzt an. Er küßt sie grob.* Los, Puppe, ab ins Bett. *Er drängt sie zur Tür.*

JOSIE *bestürzt* Bitte, Jim! Nicht!

Sie stößt seinen Arm so heftig weg, daß er zurücktaumelt und die Stufen hinuntergefallen wäre, wenn sie ihn nicht rechtzeitig festgehalten hätte. Dabei geht er mit einem Knie zu Boden. Sie ist dem Zusammenbruch nahe – verstört. Ich bin keine Hure, Jim.

TYRONE *immer noch kniend – total verwirrt, als wüßte er nicht, was vorgefallen ist* Was zum Teufel – wollte ich dich vergewaltigen, Josie? Nimm's mir nicht übel. Ich bin betrunken – nicht zurechnungsfähig. *Er steht ein wenig schwankend auf und geht die Stufen hinunter.*

JOSIE *schlägt die Hände vors Gesicht* Oh, Jim! *Sie schluchzt.*

TYRONE *abwesend. Mitleid schwingt in seiner Stimme mit.* Hör auf zu weinen. Ist ja nichts passiert. Du hast mich doch zurückgehalten? *Sie schluchzt immer noch. Er murmelt abwesend vor sich hin.* Muß völlig weggetreten gewesen sein! Blödsinn! Ich mach mir schon wieder was vor! Ich hab gewußt, was ich tue. *Senkt den Blick – langsam* Komisch. Ich hab's gesehen. Ehrlich, Josie. Für einen Moment lang hab ich dich für diese blonde Schlampe gehalten – *Hastig* Diese verdammten Anfälle! Schnell, meine Medizin! *Er tastet nach der Flasche und dem Glas.* Ich brauch jetzt einen.

JOSIE *nimmt die Hände vom Gesicht – hitzig* Von mir aus kipp dir die ganze Flasche rein, aber hör auf zu reden! *Sie schlägt die Hände wieder vors Gesicht und schluchzt.*

TYRONE *starrt sie gekränkt und traurig an – trübsinnig* Du kannst mir nicht verzeihen, was? Das solltest du aber. Du solltest mir dankbar sein, daß ich dir mein wahres – *Er hält inne, als warte er darauf, daß sie etwas sagt, aber sie schweigt. Er zuckt mit den Achseln und schenkt sich ganz automatisch ein großes Glas Whiskey ein.* Na, dann Prost. *Er trinkt und stellt die Flasche und das Glas auf die Erde – trübsinnig.* Das war der Gute-Nacht-Schluck. Unsere Mondscheinromanze ist wohl ein Reinfall gewesen, Josie. Ich glaub, ich geh besser.

JOSIE *trübsinnig* Ja, du gehst besser. Gute Nacht.

TYRONE Nicht gute Nacht. Leb wohl.

JOSIE *hebt den Kopf* Leb wohl?

TYRONE Ja. Wir werden uns vor meiner Abreise nicht mehr sehen. War verdammt dumm von mir, heute nacht herzukommen. Ich hab gehofft – Aber du verstehst das nicht. Wie könntest du auch? Also wozu – *Er zuckt resigniert mit den Achseln und wendet sich zum Gehen.*

JOSIE Jim! –

TYRONE *dreht sich um – jetzt mit bitterem Vorwurf in der Stimme* Hure? Wer hat gesagt, daß du eine Hure bist? Aber ich habe dich gewarnt. Wenn du so weitermachst – Warum mußtest du dich auch so benehmen, warum hast du mich aufgefordert, mit dir ins Bett zu gehen? Deswegen bin ich nicht hergekommen. Und du hast versprochen, daß diese Nacht anders wird. Warum, verdammt noch mal, hast du das versprochen, wenn du genau dasselbe willst, wie alle anderen? Nennst du das Liebe? *Dann schuldbewußt* Ich hab's nicht so gemeint, Josie. Mein Gott, ich weiß, was du fühlst. Ich würde alles tun, um dich glücklich zu machen – Aber es geht nicht. Du kennst mich nicht. Ich würde dir das Leben zur Hölle machen – dir und mir. Ich hab's schon getan, aber es wäre tausendmal schlimmer, wenn wir – Ich könnte mich noch so bemühen, unsere Nächte wären nicht anders als alle anderen Nächte – auch für dich. Du würdest wachliegen und auf das Morgengrauen warten, dir wäre speiübel bei dem Gedanken, was geschehen ist, und es würde sich zeigen, daß der Wein der Leidenschaft, von dem die Dichter immer schwafeln, nur ein billiger Fusel ist, der einen bitteren Nachgeschmack hinterläßt. *Er lacht höhnisch auf.*

JOSIE *völlig verstört* O nein, Jim! Bitte nicht!

TYRONE Du würdest mich hassen und dich selbst auch. Und das nicht nur für ein, zwei Tage, sondern dein ganzes Leben lang. *Hämisch, mit einem Unterton perverser Selbstgefälligkeit* Glaub mir, Baby, ich mach keine halben Sachen. Wer sich mit mir einläßt, der hat die Hölle auf Erden!

JOSIE *mit dumpfer Bitterkeit* Leb wohl, Jim.

TYRONE *einen Moment lang tief gekränkt und traurig – mit flehender Stimme* Josie – *Mit seinem typischen Achselzucken – schlicht* Leb wohl. *Er wendet sich zum Gehen – bitter.* Auch mir wird es schwerfallen zu verzeihen. Ich bin hergekommen, weil ich Liebe wollte – nur für diese eine Nacht. Ich dachte, du liebst mich. *Trübsinnig* Blödsinn! Vergiß es! *Er geht.*

JOSIE *beobachtet ihn einen Moment lang. Sie sträubt sich gegen die Liebe, die sein Flehen erhören will, dann springt sie auf und läuft ihm nach – mit ungestümer, mütterlicher Zärtlichkeit.* Komm her, du großer dummer Junge, und hör auf mit dem albernen Gerede. Es gibt nichts, wofür ich dich hassen könnte, und es gibt nichts zu verzeihen. Ich wollte nur, daß du glücklich bist, weil ich dich liebe. Tut mir leid, daß ich so dumm war und nicht verstanden hab – Aber jetzt versteh ich, und du wirst sehen, daß ich dir die Liebe geben kann, die du brauchst. *Sie umarmt ihn und küßt ihn leidenschaftlich. Aber diesmal ist es eine zärtliche, mütterlich beschützende Leidenschaft, der er sofort dankbar nachgibt.*

TYRONE *schlicht* Danke, Josie. Du bist wunderbar. Ich liebe dich. Ich wußte, daß du mich verstehst.

JOSIE Natürlich versteh ich dich. Komm jetzt. *Sie legt ihre Hand um seine Taille und führt ihn zum Haus zurück.*

TYRONE Ich wollte nicht weggehen, Josie. Das weißt du doch.

JOSIE Ja, ich weiß. Komm, wir setzen uns hin. *Sie setzt sich auf die oberste Stufe und zieht ihn auf die Stufe darunter.* Ja, so – mit meinem Arm um dich. Jetzt leg deinen Kopf an meine Brust, so wie du es dir gewünscht hast – *Er läßt den Kopf an ihre Brust sinken. Sie drückt ihn an sich – sanft.* Ist ja alles gut. Verzeih mir, daß ich so dumm war – *Ihre Stimme zittert, aber sie fährt entschlossen fort.* Verzeih mir, daß ich nur an mich gedacht habe. Ich hab dich angelogen und hatte böse Hintergedanken. Ich stehe tief in deiner Schuld, und ich werde dir die Liebe geben, die du brauchst. Das ist das mindeste, was ich tun kann, und es wird mich stolz und glücklich machen – *Ihre Stimme zittert trotz des unbeschwerten Tonfalls.* Es ist ganz einfach, denn ich kann dir jede Art von Liebe geben – aber die hier ist vielleicht die größte – weil ich dafür so ein schweres Opfer bringen muß.

Sie hält inne und sieht ihn an. Er hat die Augen geschlossen, und sein hageres, verlebtes Gesicht wirkt im Mondschein wie eine bleiche Maske – so friedlich wie eine Totenmaske. Sie erschrickt.

Jim, wie du aussiehst!

TYRONE *öffnet die Augen – abwesend* Wie seh ich aus?

JOSIE *rasch* Es ist der Mondschein. Er macht dich so bleich, und wenn du die Augen geschlossen hast –

TYRONE *schlicht* Du meinst, ich seh wie tot aus.

JOSIE Nein! Als ob du schläfst.

TYRONE *Mit tonloser, müder Stimme, als wäre er ihr eine Erklärung schuldig, für etwas, das ihm selbst gleichgültig geworden ist.* Hör zu, ich werd dir jetzt eine kleine Geschichte erzählen. Mein Leben lang hatte ich nur einen einzigen Traum. Schon als kleines Kind war ich versessen auf Rennpferde. Sie waren für mich das Schönste auf der Welt. Außerdem hatte ich eine Spielleidenschaft. Also war mein großer Traum, eines Tages genug Geld zu haben, um ein Profi zu werden, der auf dem Rennplatz zu Hause ist, immer auf die richtigen Pferde setzt, in der Wintersaison mit in den Süden zieht und im Frühling zurückkommt. Ich hätte mir kein schöneres Leben vorstellen können. *Er hält inne.*

JOSIE Na, das kannst du ja jetzt haben.

TYRONE Nein, eben nicht, Josie. Das ist ja der Witz. Ich hab's probiert, bevor ich wieder hierherkam. Ich hab mir etwas Geld auf mein Erbteil geliehen und bin auf die Rennbahn gegangen. Aber es klappte nicht. Ich hab gesetzt und mußte feststellen, daß es mir gleichgültig war, ob ich gewann oder verlor. Die Pferde waren schön, aber ich mußte erkennen, daß sie mir nichts bedeuteten. Ihre

Schönheit ließ mich kalt. Ich war froh, wenn abends das letzte Rennen vorbei war und ich ins Hotel zurückgehen konnte – zu meiner Flasche. *Er hält inne und starrt mit leeren Augen den Mond an.*

JOSIE *unbehaglich* Warum erzählst du mir das?

TYRONE *mit derselben teilnahmslosen Stimme* Du hast gesagt, ich sehe wie tot aus. Es stimmt, ich bin's.

JOSIE Bist du nicht! *Sie drückt ihn schützend an sich.* Red nicht solchen Unfug!

TYRONE Seit Mama tot ist.

JOSIE *tief gerührt – voller Mitleid* Ich weiß. Ich habe schon immer geahnt, daß das der Grund ist, warum du – *Sie hält inne – sanft.* Vielleicht würde es dir guttun, mal über alles zu reden. Ich glaube, der Schmerz über ihren Tod sitzt tief in dir und frißt dich auf.

TYRONE *in einem seltsam drohenden Tonfall* Ich warne dich, Josie, sieh dich vor!

JOSIE Warum?

TYRONE *rasch – setzt ein zynisches Grinsen auf* Ich könnte das heulende Elend kriegen und mich an deinen schönen Brüsten ausweinen.

JOSIE *sanft* Von mir aus kannst du so viel weinen, wie du willst.

TYRONE Bring mich nicht in Versuchung. Du könntest es bereuen. *Sein Gesichtsausdruck und seine Stimme verraten einen tiefen inneren Konflikt. Er muß jetzt weitermachen, ob er will oder nicht.* Aber bitte, wenn du dich drum reißt – außerdem hab ich dir gesagt, daß ich dir alles erzähle.

JOSIE *verdutzt* Du hast gesagt, du wolltest mir von der Blondine im Zug erzählen.

TYRONE Sie hat was damit zu tun. Das hab ich dir verschwiegen. *Er hält inne. Dann platzt er heraus – höhnisch.* Du glaubst es mir sowieso nicht. Und wenn, dann wirst du es nicht verstehen und mir nie vergeben – *Rasch* Aber vielleicht doch? Du bist der einzige Mensch, der es verstehen könnte. Weil du mich wirklich liebst. Und weil du die einzige Frau bist, die versteht, zu was für scheußlichen Sachen ein Mann imstande ist, wenn er zuviel gesoffen hat und völlig weggetreten ist – vor allem wenn er vor Schmerz und Kummer sowieso schon nicht mehr ein noch aus weiß.

JOSIE *drückt ihn zärtlich an sich* Natürlich werd ich's verstehen, Liebster.

TYRONE *starrt den Mond an – von der Erinnerung verfolgt* Aber ich war ja nicht weggetreten. Ich hab's versucht und so viel in mich hineingeschüttet, daß es zehn Männer vom Hocker gehauen hätte. Aber es klappte nicht. Ich hab gewußt, was ich tue. *Er hält inne – trübsinnig.* Nein, ich kann es dir nicht erzählen, Josie. Du würdest mich zutiefst verabscheuen, und ich könnt's dir nicht mal übelnehmen.

JOSIE Nein, ich liebe dich, ganz egal, was –

TYRONE *barsch – mit seltsam triumphierendem Unterton* Gut, wie du willst! Ich nehm dich beim Wort. *Er hält inne – setzt an – hält dann wieder inne.*

JOSIE *voller Mitleid* Vielleicht läßt du's lieber – wenn es dir so nahegeht.

TYRONE Willst dich drücken, was? Zu spät. Du hast mich selbst so weit gebracht. Nahegehen, sagst du, mein Gott, und ob es mir nahegeht! *Er hält inne. Dann schließt er die Augen, als müßte er sich allen Blicken entziehen, um anfangen zu können. Aus seinem Gesicht verschwindet jede Regung. Seine Stimme klingt unbeteiligt und sachlich, als beträfe seine Erzählung einen alten Bekannten und hätte mit ihm persönlich nicht das geringste zu tun. Nur so kann er anfangen zu erzählen.* Als Mama starb, hatte ich fast zwei Jahre lang nichts mehr getrunken, nicht einmal ein Glas Bier. Ehrlich. Und ich bin mir sicher, ich hätte es durchgehalten. Ihr zuliebe. Sie hatte nur noch mich. Der Alte war tot. Mein Bruder verheiratet, hatte ein Kind, lebte sein eigenes Leben. Von ihm hatte sie nichts zu erwarten. Ich war der einzige, der sich um ihre Sachen kümmerte und der für sie da war. Meine Trinkerei war ihr von jeher verhaßt. Also hörte ich auf damit. Ihr zuliebe. Ich war glücklich. Sie war alles, was ich hatte, und der einzige Mensch, an dem mir was lag. Ich liebte sie. *Er hält inne.* Man würd's nicht glauben, wenn man weiß, was dann – Aber es stimmt.

JOSIE *sanft* Ich weiß, wie sehr du sie geliebt hast.

TYRONE Wir fuhren an die Westküste, um einen Käufer für ein Grundstück zu finden, das der Alte drei Jahre vorher gekauft hatte. Da wurde sie plötzlich krank. Ihr Zustand verschlimmerte sich rasch. Sie fiel in ein Koma. Gehirntumor. Ein hoffnungsloser Fall, sagten die Ärzte. Sie würde vielleicht nie mehr aus dem Koma aufwachen. Ich drehte durch. Die Vorstellung, sie zu verlieren, war mir unerträglich. Das Verlangen nach Schnaps packte mich wieder. Ich betrank mich und war von da an ständig betrunken. Und hoffte, daß sie nie mehr aus dem Koma aufwachen würde, um nicht mitansehen zu müssen, daß ich wieder trank. Das redete ich mir auch selber ein – daß sie es nie erfahren würde. Und sie hat es nie erfahren. *Er hält inne – dann höhnisch.* Von wegen! Ich mach mir schon wieder was vor. Ich weiß verdammt gut, daß sie kurz vor ihrem Tod noch einmal aufgewacht ist. Sie sah, daß ich betrunken war. Dann schloß sie die Augen, um es nicht mitansehen zu müssen, und war froh, daß sie sterben konnte! *Er öffnet die Augen und starrt den Mond an, als ob er dort die Szene am Sterbebett erblickte.*

JOSIE *tröstend* Ssshh. Das bildest du dir ein, weil du dir wegen deiner Trinkerei Vorwürfe machst.

TYRONE *als hätte er das nicht gehört – schließt wieder die Augen* Danach stand ich ständig unter Alkohol und war die meiste Zeit weggetreten, aber ich erledigte alles Notwendige, und keiner ahnte, wie besoffen – *Er hält inne.* Aber es gibt Bilder, die ich nie vergessen werde – die Leichenbestatter und wie Mutter mit geschminktem Gesicht im Sarg lag. Ich habe sie kaum wiedererkannt. Sie sah so jung und hübsch aus, wie jemand, an den ich mich von fern erinnerte. Praktisch eine Fremde. Für die auch ich ein Fremder war. Kalt und gleichgültig. Sorgte sich nicht mehr um mich. Sie war endlich frei. Frei von Sorgen. Von Schmerzen. Und von mir. Ich stand da und sah sie an, und irgend etwas geschah mit mir. Ich fühlte nichts. Wo ich eigentlich untröstlich sein müßte, aber ich fühlte nichts. Ich war wie tot. Wo ich eigentlich weinen sollte. Lieber das heulende Elend kriegen, als einfach nur da zu stehen. Aber ich konnte nicht weinen. Ich verfluchte mich: »Du Scheißkerl, das ist deine Mutter. Du hast sie geliebt, und jetzt ist sie tot. Sie ist für immer von dir gegangen. Und nie wieder –« Aber es nützte nichts. Ich versuchte mir einzureden: »Sie ist tot. Was kümmert es sie jetzt noch, ob du weinst oder nicht? Ihr ist es verdammt egal, was du tust. Sie ist glücklich, weil du ihr, da wo sie jetzt ist, nicht mehr wehtun kannst. Endlich ist sie dich los. Laß sie in Gottes Namen wenigstens jetzt in Frieden! Gönn ihr in Gottes Namen die letzte Ruhe!« *Er hält inne – dann höhnisch.* Aber es waren noch die anderen Leute da, und die erwarteten was von mir. Ich war ja nicht umsonst Schauspieler gewesen! Also spielte ich ihnen eine Szene vor. Ich warf mich auf die Knie, schlug die Hände vors Gesicht, vergoß ein paar Krokodilstränen und jammerte: »Mutter! Meine geliebte Mutter!« Und die ganze Zeit sagte ich mir: »Du mieser Schauspieler! Du gottverdammter Schmierenkomödiant! Gleich singst du auch noch das Ave Maria!« *Er öffnet die Augen, lacht höhnisch und von Schmerzen überwältigt auf und starrt den Mond an.*

JOSIE *entsetzt, jedoch immer noch voll tiefem Mitleid* Nein, Jim! Es ist vorbei! Du hast dich schon genug bestraft. Du warst betrunken. Du wußtest nicht –

TYRONE *schließt wieder die Augen* Ich mußte ihren Sarg an die Ostküste zurückbringen, um sie neben ihrem Alten zu begraben. Ich nahm mir also ein Zugabteil und versteckte mich dort mit einer Kiste Schnaps. Sie lag in ihrem Sarg vorne im Gepäckwagen. Ich konnte trinken soviel ich wollte, ich mußte ständig daran denken. Ich hielt es allein im Abteil nicht mehr aus. Ich sah schon Gespenster. Ich wurde langsam verrückt und lief im Zug auf und ab, um jemand zu finden, der mir Gesellschaft leistete. Ich ging allen Leuten so auf die Nerven, daß der Schaffner sagte, wenn ich keine Ruhe gebe, würde er mich in mein Abteil einschließen. Aber mir war eine der Mitreisenden aufgefallen, die es offensichtlich gewohnt war, mit Besoffenen umzugehen und sogar so tun konnte, als ob es ihr Spaß machte, wenn genug Geld dabei raussprang. Man mußte schon blind sein, um nicht zu merken, daß sie vom horizontalen Gewerbe war – eine blonde Schlampe, eine Hure, wie sie im Buche steht, mit einem aufgedunsenen Puppengesicht und einem Lächeln, das so einladend war, daß es einen Eisbären gefroren hätte. Ich gab dem Schlafwagenschaffner Geld, damit er ihr einen Zettel zusteckte, und in der Nacht schlich sie zu mir ins Abteil. Sie wollte auch nach New York. Also haben wir jede Nacht – Fünfzig Dollar pro Nacht – *Er öffnet die Augen und starrt von Schmerz überwältigt den Mond an, als ob er dort das Abteil vor sich sähe.*

JOSIE *verzieht das Gesicht voller Abscheu. Sie stammelt.* Wie konntest du nur! *Sie rückt instinktiv von ihm weg und läßt ihn los.*

TYRONE Wie ich das konnte? Ich weiß es nicht. Aber ich hab's getan. Wahrscheinlich hatte ich die hirnverbrannte Idee, ich könnte auf die Weise vergessen – daß sie vorne im Gepäckwagen lag.

JOSIE Hör auf! *Sie rückt weiter von ihm weg, so daß er den Kopf von ihrer Brust nehmen muß. Er scheint das nicht zu bemerken.*

TYRONE Nein, das kann es nicht gewesen sein. Ich wollte es gar nicht vergessen. Es war wie ein Drehbuch, an das ich mich zu halten hatte. Die Blondine war völlig nebensächlich. Die gab es nur, weil es so im Drehbuch stand. Es war, als wollte ich mich rächen – weil sie mich alleingelassen hatte – ich wußte, ich war verloren, ohne jede Hoffnung – ich konnte mich jetzt nur noch zu Tode saufen, weil es niemand mehr gab, der mir helfen konnte. *Seine Gesichtszüge werden hart, und er bekommt einen gehässigen, grausamen Ausdruck – mit entsetzlicher Genugtuung in der Stimme.* Nein, nicht mal in den Armen von dieser Schlampe hab ich's vergessen! Mir gingen die letzten beiden Zeilen von einem dummen Schlager, den ich aus meiner Kindheit kannte, nicht mehr aus dem Kopf.

»Das Kindlein schreit, sie hört's nicht mehr
vorne beim Gepäck.«

JOSIE *völlig verstört* Jim!

TYRONE Ich konnte das Lied nicht aus meinem Kopf bekommen. Und wollte es auch nicht.

JOSIE Um Gottes willen, Jim, hör auf! Ich will nichts mehr davon hören!

TYRONE *nach einer Pause – trübsinnig* Ja, das wär's gewesen – außer, daß ich zu betrunken war, zur Beerdigung zu gehen.

JOSIE Oh!

Sie ist so weit von ihm abgerückt, wie es möglich ist, ohne aufzustehen. Das wird ihm erst jetzt bewußt, und er dreht sich langsam um und starrt sie an.

TYRONE *trübsinnig* Jetzt willst du mich nicht mal mehr anfassen, was? *Er zuckt unwillkürlich mit den Achseln.* Tut mir leid. Ich bin ein Vollidiot. Ich hätt's dir nicht erzählen sollen.

JOSIE *Ihr Entsetzen schwindet, und sie sieht ihn voller Liebe, Mitleid und Verständnis an. Sie rückt wieder näher – stokkend.* Nein, Jim. Sag das nicht – daß ich dich nicht mehr anfassen mag – das ist nicht wahr. *Sie legt ihm eine Hand auf die Schulter.*

TYRONE *als hätte sie nichts gesagt – mit unerfüllbarer Sehnsucht* Ich wünschte, ich könnte an diesen Hokuspokus der Spiritisten glauben. Dann könnte ich ihr wenigstens sagen, daß ich das alles nur getan habe, weil sie mir fehlte, und weil ich ihr nicht verzeihen konnte, daß sie mich allein gelassen hat –

JOSIE Jim! Um Gottes willen!

TYRONE *fährt ungerührt fort* Sie würde alles verstehen und mir vergeben, glaubst du nicht auch? Das war immer so. Sie war natürlich und gut, eine Seele von einem Menschen. Und sie war schön. Im Grunde deines Herzens bist du wie sie, darum hab ich's dir erzählt. Ich dachte – *Plötzlich bekommt er wieder einen zynischen Gesichtsausdruck – barsch.* Irrtum meinerseits! Blödsinn! Vergiß es! Wird Zeit, daß ich gehe! Ich mag deinen verdammten Mond nicht, Josie. Der beschwört doch nur alte Zeiten. *Er rezitiert spöttisch.*

»Das ist die Schuld des Mondes, wenn er abirrt.
Er kommt der Erde näher, als er sonst ist,
Und macht die Menschen toll.«

Er richtet sich auf. Ich nehme die letzte Bahn in die Stadt. In irgendeinem Hinterzimmer wird's schon noch was zu trinken geben, und ein paar Besoffene, die rumgrölen. Ich muß mal wieder richtig lachen. *Er will aufstehen.*

JOSIE *legt die Arme um ihn und zieht ihn zurück – mit gepreßter Stimme* Du gehst nicht! Ich laß dich nicht weg! *Sie drückt ihn fester an sich – sanft.* Jetzt verstehe ich alles, Liebster. Und ich bin sehr stolz, daß du zu mir gekommen bist. Du wußtest, ich bin die einzige auf der Welt, die dich so sehr liebt, daß sie dich versteht und dir vergibt – ja, ich vergebe dir!

TYRONE *läßt den Kopf wieder an ihre Brust sinken – schlicht* Danke, Josie. Ich wußte, du –

JOSIE So wie sie dir vergibt, verstehst du? So wie sie dich liebt und dich versteht und dir alles vergibt!

TYRONE *schlicht* Ja, ich weiß, sie – *Er bricht in Schluchzen aus.*

JOSIE *beugt sich schützend, mit mütterlicher Zärtlichkeit über ihn* So ist's gut, Liebster. Deswegen bist du doch zu mir gekommen. Du willst nicht das Lachen der Betrunkenen in irgendeinem Hinterzimmer hören, sondern du willst ihr dein Herz ausschütten und dich an ihrer Brust ausweinen.

Sein Gesicht zuckt. Er versteckt es an ihrer Brust und schluchzt hemmungslos. Sie drückt ihn noch fester an sich, spricht mit sanfter Stimme und starrt dabei den Mond an.

Sie hört dich jetzt. Ich fühle ihre Gegenwart, und das

Mondlicht umhüllt ihre Seele wie ein silberner Mantel, und ich weiß, sie versteht auch mich und verzeiht mir und gibt mir ihren Segen.

Eine Pause entsteht. Sein Schluchzen läßt langsam nach. Sie sieht auf ihn hinunter – tröstend, als spräche sie zu einem Kind.

Ist ja alles gut.

Er hört auf zu schluchzen. Sie fährt mit sanft scheltendem Ton fort.

Du bist mir vielleicht einer – willst mich einfach allein lassen, wo die Nacht, die ich dir versprochen habe, gerade erst begonnen hat – unsere Nacht, die anders sein soll, als alle anderen Nächte, mit einer Morgendämmerung, die nicht über dreckige Fensterscheiben kriecht, sondern am Himmel aufzieht wie ein göttliches Versprechen auf Frieden im Dunkel unserer Seelen. *Sie lächelt leicht amüsiert.* Na, hör dir das an, Jim! Ich kann dichten. Wer hätte das gedacht. Die Liebe bringt einen auf die verrücktesten Gedanken!

Eine Pause entsteht. Sie sieht ihn an. Er hat die Augen geschlossen. Sein Gesicht an ihrer Brust erscheint im Mondlicht blaß und hager, mit einem Ausdruck von Ruhe und Erschöpfung, der an den Frieden des Todes denken läßt. Einen Moment lang hat sie Angst. Dann begreift sie und flüstert sanft.

Er schläft. *Mit leiser, zärtlicher Stimme, als sänge sie ein Schlaflied* So ist's gut. Schlaf, mein Liebster, schlaf. *Dann plötzlich mit quälender Sehnsucht* Ach, Jim, vielleicht könnte dich meine Liebe doch noch retten, wenn du nur fest daran glaubst! *Sie schüttelt den Kopf.* Nein. Unmöglich. *Sie wendet den Blick von ihm ab und starrt in den Himmel. Sie sieht müde, traurig und verzweifelt aus und setzt ein trotziges, zynisches Grinsen auf.* Gott, vergib mir. So enden also meine ganzen Pläne, ich sitze hier mit diesem Toten, der sich an meine Brust schmiegt, und die dumme Mondvisage grinst schadenfroh herunter!

Vorhang

Vierter Akt

Schauplatz: Wie im dritten Akt. Es ist Morgendämmerung. Im Osten, rechts auf der Bühne, erscheinen die ersten schwachen Lichtstrahlen, die den Sonnenaufgang ankündigen. Josie sitzt in derselben Haltung, die Arme um Tyrone gelegt, auf den Stufen, als hätte sie sich in der Zwischenzeit nicht bewegt. Er schläft, den Kopf an ihre Brust gelehnt. Auf seinem Gesicht liegt nach wie vor ein Ausdruck von Erschöpfung und Leblosigkeit. Josies Gesichtszüge sind starr und von Resignation und Trauer erfüllt. Ihr Körper ist vor Müdigkeit zusammengesackt. Es übersteigt allmählich ihre Kräfte, aus Angst ihn zu wecken, stundenlang regungslos dazusitzen.
Die beiden geben ein groteskes Bild ab – eine große, von Trauer erfüllte Frau, die im fahlen Morgenlicht einen nicht mehr ganz jungen Säufer mit einem verlebten Gesicht wie ein krankes Kind an ihre Brust drückt.
Hogan erscheint hinten rechts, er kommt aus der Scheune. Er schleicht sich auf Zehenspitzen zur Hausecke. An seinen Kleidern hängt überall noch das Heu, sein Gesicht ist geschwollen und übernächtigt, aber die kleinen Schweinsäuglein sind klar und blitzen hellwach. Er späht um die Ecke, entdeckt die beiden auf den Stufen und mustert Josies Gesicht mit einem langen, prüfenden Blick.

JOSIE *grimmig, mit verhaltener Stimme* Laß das Versteckspiel, Vater. Ich hab dich schon längst gehört. *Er kommt schuldbewußt um die Ecke. Sie spricht weiter mit verhaltener Stimme, aber im Befehlston.* Komm her, aber sei leise.
Er gehorcht anstandslos und kommt schweigend bis zum Felsblock vor. Er sieht sie dabei prüfend an und macht daraufhin ein schuldbewußtes und klägliches Gesicht. Sie fährt, ohne ihn anzusehen, im selben Tonfall fort.

Und sprich leise. Ich will nicht, daß er wach wird – *Sie fügt dunkel hinzu.* Jedenfalls nicht, bevor es hell wird.

HOGAN *beunruhigt* Was? *Dann scheint es ihm geraten, keine weiteren Fragen zu stellen. Sein Blick fällt auf Tyrones Gesicht, und er fährt unwillkürlich zusammen – mit einem scheuen, fast ängstlichen Flüstern.* Mein Gott, der sieht wie tot aus!

JOSIE *dunkel* Was heißt hier wie? Er ist es.

HOGAN Tot?

JOSIE Stell dich nicht blöder als du bist. Siehst du nicht, daß er atmet? Er ist todmüde, mein ich. Steh nicht rum und glotz! Setz dich!

Er setzt sich gehorsam auf den Felsblock. Sein Gesichtsausdruck verrät ein schlechtes Gewissen und Angst vor dem Kommenden. Es entsteht eine Pause, in der sie ihn nicht ansieht, während er sie weiter anstarrt und sich zusehends unbehaglicher fühlt. Sie fährt fort – bitter.

Wo sind deine Zeugen?

HOGAN *schuldbewußt* Was für Zeugen? *Dann mit einem aufgesetzten Grinsen* Ob du's glaubst oder nicht, ich hab mich selbst ausgetrickst! Ich war dermaßen blau, daß ich unseren Plan total verschwitzt hab und nach Hause bin und mich gleich in der Scheune schlafen gelegt hab.

JOSIE *Ihre Gesichtszüge werden noch härter und bitterer* Du lügst!

HOGAN Tu ich nicht. Ich bin gerade erst aufgewacht. Siehst du nicht das Heu? Das ist der Beweis.

JOSIE Das mein ich nicht – und das weißt du ganz genau. *Bitter* So so, du bist gerade aufgewacht und hast dich hergeschlichen, um rauszufinden, ob dein doppeltes Spiel aufgegangen ist?

HOGAN *schuldbewußt* Ich weiß nicht, was du meinst.

JOSIE Hör auf, mich anzulügen, Vater. Diesmal hast du's zu weit getrieben.

Er will sich verteidigen, aber ihr Gesichtsausdruck belehrt ihn eines Besseren, und er schweigt beschämt. Eine Pause entsteht.

HOGAN *platzt schließlich heraus* Na, und selbst wenn ich Zeugen mitgebracht hätte – es gibt ja nichts zu sehen.

JOSIE Nein, da hast du recht. Es gibt nichts zu sehen. Gar nichts. *Sie lächelt geheimnisvoll.* Nur ein großes Wunder, aber das hätten sie nie geglaubt, und du auch nicht.

HOGAN Was für ein Wunder?

JOSIE Eine Jungfrau, die in der Nacht ein totes Kind zur Welt bringt, und am Morgen noch Jungfrau ist. Wenn das kein Wunder ist, was dann?

HOGAN *unbehaglich* Red nicht so ein komisches Zeug. Mir läuft's kalt den Buckel runter. *Er versucht, einen scherzhaften Tonfall anzuschlagen.* Und du bist die Jungfrau? Mensch, das wäre allerdings ein Wunder – und was für eins! *Er lacht gekünstelt vor sich hin.*

JOSIE Ich hab gesagt, du sollst aufhören zu lügen, Vater.

HOGAN Wieso lügen?

Er hält inne und wirft ihr einen beunruhigten Blick zu. Sie schweigt, als wäre sie sich seiner Gegenwart nicht bewußt. Ihr Blick ist auf den Morgenhimmel gerichtet.

JOSIE *wie zu sich selbst* Es wird bald hell, dann kann ich ihn wecken.

HOGAN *kann seine Besorgnis nicht länger zurückhalten* Josie! Liebling! Erzähl mir um Himmels willen endlich, was passiert ist.

JOSIE *Ihre Gesichtszüge werden wieder hart und bitter* Ich hab's dir schon erzählt. Nichts ist passiert.

HOGAN Nichts, sagst du? Wenn du dein trauriges Gesicht sehen könntest –

JOSIE Welche Frau empfindet keine Trauer, wenn der geliebte Mann gerade gestorben ist? Aber mein Herz ist auch voller Stolz.

HOGAN *gepeinigt* Hör endlich auf, so zu reden! Man könnte glauben, du hättest heute nacht den Verstand verloren. *Er hebt die Stimme – voller Rachegelüste.* Aber eins sag ich dir, wenn Jim Tyrone dir was angetan hat –

Tyrone zuckt und stöhnt im Schlaf. Er preßt das Gesicht gegen ihre Brust, als suche er dort Schutz. Josie sieht auf ihn hinunter und drückt ihn fest an sich.

JOSIE *flüstert ihm besänftigend zu* Ist ja gut, Liebster. Schlaf noch ein bißchen. Hier hast du deinen Frieden. *Dann zischt sie ihren Vater wütend an.* Hab ich nicht gesagt, du sollst leise reden und ihn nicht aufwecken! *Sie hält inne – dann mit ruhiger Stimme.* Er hat mir nichts zuleide getan. Es war mein eigener Fehler. Ich dachte, es gäbe noch Hoffnung. Ich wußte nicht, daß er schon lange tot ist – eine verlorene Seele, die im Mondschein zu mir gekommen ist, um zu beichten und um Vergebung zu finden und Frieden für eine Nacht –

HOGAN Josie! Hör endlich auf!

JOSIE *nach einer Pause – trübsinnig* Er würde mir nie im Leben was Böses tun, das weißt du genau. *Selbstironisch* Na, sonst hätte er mir kaum erzählt, daß er mich schön findet und mich auf seine Art liebt. *Dann sachlich* Du willst wissen, was passiert ist? Er war betrunken und hatte wieder seine komischen Anwandlungen und wollte, so wie er ist, einschlafen. Und ich hab ihn gelassen. *Mit gespielter Schroffheit* Gott sei Dank ist die Nacht um. Ich bin fix und fertig. Du kannst mir die Müdigkeit ansehen, aber keine Trauer.

HOGAN Mir machst du nichts vor, Josie. Ich –

JOSIE *Ihre Gesichtszüge werden hart und bitter – grimmig* Wer macht hier wem was vor? Du hast mich reingelegt und mir was vorgelogen und wolltest mich dazu benutzen, an sein Geld ranzukommen!

HOGAN Nein! Ich schwöre bei allen Heiligen –

JOSIE Ach, du schwörst ja selbst noch auf 'ne geklaute Bibel! *Grimmig* Hör gut zu, Vater. Ich hab dich nicht hergerufen, um dir Fragen zu beantworten, die dich nichts angehen. Ich hab dich hergerufen, um dir zu sagen, daß ich deine Lügen von gestern abend durchschaut habe, als du mich dazu bringen wolltest, mit ihm ins – *Als er ansetzt zu sprechen* Halt die Klappe! Jetzt rede ich. Du warst gar nicht betrunken. Du hast mir was vorgespielt, das gehörte alles zu deinem Plan –

HOGAN *ruhig* Ja, du hast recht, Josie. Ich war nicht betrunken. Aber ich hatte einiges intus, sonst hätte ich nie so verrückte Träume –

JOSIE *mit beißendem Spott* Was du nicht sagst? Träume? Du träumst doch dein Leben lang von nichts anderem, als 'nen Haufen schmutziges Geld in die Finger zu bekommen, und dir ist es scheißegal, wie du es kriegst, wem du es abgaunerst und was du anderen Leuten damit antust!

HOGAN *zuckt zusammen – flehend* Josie!

JOSIE Halt die Klappe! *Mit schneidender Stimme* Wie ich dich kenne, hast du jetzt jede Menge Lügen und Ausreden auf Lager. Aber gib dir keine Mühe, auch wenn du noch so durchtrieben bist, mir kannst du nichts mehr vormachen. Noch mal legst du mich nicht rein! *Er sieht sie verängstigt an, als sei etwas eingetreten, was er schon lange befürchtet hat. Sie fährt fort – mit bitterböser Anklage.* Es war gelogen, daß Jim die Farm verkauft. Du wußtest, daß er dich damit nur aufziehen wollte. Du wußtest, daß das Testament in ein paar Tagen in Kraft tritt und Jim zum Broadway zurückgeht, und da mußtest du schleunigst was unternehmen, um nicht die letzte Gelegenheit zu verpassen, sein Geld doch noch in deine gierigen Pfoten zu kriegen.

HOGAN *kläglich* Nein. So war's nicht, Josie.

JOSIE Du hast mir angesehen, wie gekränkt und wütend ich war, daß er mich versetzt hat, und das hast du ausgenützt. Du wußtest, daß ich ihn liebe und ihn haben will, und auch das hast du ausgenützt. Alles hast du ausgenützt – Und du hast es ziemlich raffiniert angestellt! Du kannst stolz auf dich sein! Du hast es so gedeichselt, daß ich die ganze Drecksarbeit machen mußte – Dir war natürlich klar, daß ich von Jim die Wahrheit erfahren würde, aber erst, nachdem deine Lügen ihre Wirkung getan hatten – Du hast mich so weit gebracht, ihm hinterherzulaufen, ihn betrunken zu machen und mich betrunken zu machen, damit ich jede Hemmung verliere – und wenn dann die Wahrheit ans Licht käme, würde ich ihn um so mehr lieben und mich ihm willenlos hingeben! Erzähl mir nicht, daß du nicht darauf spekuliert hast – du bist doch mit allen Wassern gewaschen! Und wenn er mich dann einmal gehabt hätte – wo ich doch Jungfrau war – konntest du darauf spekulieren, daß er mir aus Anständigkeit und schlechtem Gewissen, und weil er mich ja auf seine Art liebt, einen Heiratsantrag machen würde. Klar, so wird's gehen, hast du dir gedacht. Er würde nicht bei mir bleiben und natürlich zum Broadway zurückgehen und sich nie mehr blicken lassen. Aber Geld würde dabei herausspringen –, und wenn er sich endlich zu Tode gesoffen hätte, wäre ich seine rechtmäßige Witwe und bekäme, was übrig ist.

HOGAN *kläglich* Nein! So war's nicht.

JOSIE Aber was soll das Gerede? Es ist aus und vorbei. Ich hab dir nur noch eins zu sagen, Vater. Ich verlasse dich heute, so wie meine Brüder dich verlassen haben. Du kannst von jetzt an alleine leben und dich mit deinen schlauen Plänen selber aufs Kreuz legen!

HOGAN *nach einer Pause – langsam* Ich wußte, du würdest eine Stinkwut auf mich haben, Josie, aber ich hab's darauf ankommen lassen, weil ich dachte, es macht dich glücklich, und dann ist es dir egal, wie –

JOSIE *als hätte sie nicht zugehört – sieht nach Osten, wo der Himmel jetzt in prächtigen Farben leuchtet* Jetzt ist es schön. Es ist Zeit. *Zu Hogan* Geh ins Haus und laß dich nicht blicken, bevor er weg ist. Du würdest doch nur was neues aushecken.

Er macht ein betretenes Gesicht, will etwas sagen, besinnt sich aber eines Besseren und schleicht auf Zehenspitzen an ihr vorbei die Stufen hoch, geht hinein und schließt die Tür. Josie sieht auf Tyrone hinunter. Ihre Gesichtszüge entspannen sich, und sie betrachtet ihn mit mütterlicher Zärtlichkeit – traurig.

Ich ruf dich ungern ins Leben zurück, Liebster. Ich weiß, du hättest dir nichts sehnlicher gewünscht, als im Schlaf zu sterben. *Sie schüttelt ihn sanft.* Wach auf, Jim. *Er stöhnt im Schlaf und drückt sich enger an sie. Sie starrt ihn an.* Lieber Gott, mach, daß er sich nur an das eine erinnert und alles andere vergißt. Mehr will ich nicht. *Sie schüttelt ihn heftiger.* Jim, wach auf! Hörst du mich? Es ist Zeit.

TYRONE *murmelt im Halbschlaf, ohne die Augen zu öffnen* Verdammt, was ist los? *Es wird ihm langsam bewußt, daß er in den Armen einer Frau liegt – zynisch.* Schon wieder? Immer dasselbe. Verdammt noch mal, wer bist du, Süße? *Gereizt* Was soll das, wieso weckst du mich? Wie spät ist es.

JOSIE Der Morgen dämmert.

TYRONE *immer noch mit geschlossenen Augen* Morgendämmerung? *Er rezitiert schlaftrunken.*

»Mein Herz war leer, die Leidenschaft verflogen,
Als ich erwachte, war die Dämmerung grau.«

Dann höhnisch Sie sind alle gleich grau. Schlaf lieber, Baby, und laß mich weiterschlafen. *Er schläft wieder ein.*

JOSIE *gepreßt* Dieser Morgen ist nicht grau, Jim. Er ist anders als alle anderen – *Sie bemerkt, daß er wieder eingeschlafen ist – bitter.* Er hat's vergessen. Er wird's gar nicht mitkriegen. Ich bin für ihn jetzt die Hure aus dem Zug und nicht – *Plötzlich stößt sie ihn von sich und schüttelt ihn grob.* Himmel Herrgott noch mal, wach endlich auf. Mir reicht's jetzt –

TYRONE *immer noch im Halbschlaf* He! Komm mir nicht auf die Tour, Baby! Was? *Er ist jetzt wach und blinzelt ins Licht – benommen und verdutzt.* Josie.

JOSIE *immer noch bitter* Genau. Keins von deinen verdammten Flittchen. *Sie gibt ihm einen Schubs.* Steh auf, sonst schläfst du wieder ein. *Er richtet sich mühsam auf, immer noch schlaftrunken, seine Glieder sind steif und krumm. Sie überwindet ihre Bitterkeit und schlägt wieder ihren forschen, ungezwungenen Ton an, aber dabei beobachtet sie ihn genau, um herauszufinden, ob er sich noch an etwas erinnert.* Kein Wunder, daß du steif und krumm bist! Aber wenn's dich tröstet, mir geht's noch schlimmer, weil ich dich die ganze Zeit gehalten hab. *Sie streckt sich, reibt sich die tauben Arme und stöhnt übertrieben.* Heiliger Bimbam, mir tut alles weh. Ich bin wie gerädert. *Sie wirft ihm einen kurzen Blick zu.* Du siehst aus, als wärst du völlig weggetreten und hättest keinen blassen Schimmer, warum du hier bist. Ich wette, du kannst dich an überhaupt nichts mehr erinnern.

TYRONE *bewegt behutsam Arme und Beine – schlaftrunken* Keine Ahnung. Laß mich erst mal richtig zu mir kommen.

JOSIE Du brauchst ein Gläschen zum Aufwachen. *Sie nimmt die Flasche und das Glas und schenkt ihm einen Whiskey ein.* Da.

TYRONE *nimmt ganz automatisch das Glas entgegen* Danke, Josie. *Er geht zum Felsblock und setzt sich, dabei hält er das Glas in der Hand, als würde ihn der Whiskey nicht interessieren.*

JOSIE *beobachtet ihn* Trink schon, sonst schläfst du wieder ein.

TYRONE Nein, Josie, ich bin wach. Komisch. Ich will anscheinend gar nichts trinken. Ich hab 'nen schweren Kopf, aber keine Anfälle – jedenfalls bis jetzt.

JOSIE Sei froh. Ist doch mal was anderes –

TYRONE Da hast du recht. Ich hab ausnahmsweise 'nen richtig schönen Kater, als ob ich friedlich geschlafen hätte, ganz ohne Alpträume.

JOSIE Hast du auch. Nicht die Spur von einem Alptraum. Ich muß es ja wissen. Schließlich hab ich dich gehalten und sie verjagt.

TYRONE Soll das heißen – *Plötzlich* Moment mal, jetzt erinnere ich mich. Ich saß allein am Tisch im Wirtshaus und hatte plötzlich die komische Idee hierherzukommen und einzuschlafen mit meinem Kopf an deiner – Darum bin ich also in deinen Armen aufgewacht. *Verlegen* Und das hast du mir durchgehen lassen. Du bist verrückt, Josie.

JOSIE Mir hat's nichts ausgemacht.

TYRONE Hast du nicht bemerkt, wie stinkbesoffen ich war?

JOSIE Doch, du warst sternhagelvoll.

TYRONE Und warum hast du mich nicht zum Teufel gejagt?

JOSIE Warum sollte ich? Ich hab's gern getan.

TYRONE Um Himmels willen, wie lange hab ich dich denn so eingequetscht?

JOSIE Ach, nur ein paar Stunden.

TYRONE Mein Gott, Josie, es tut mir leid. Aber du hast es dir selbst zuzuschreiben. Du hättest mich –

JOSIE Ach, hör auf dich zu entschuldigen. So hatte ich wenigstens 'nen guten Vorwand aufzubleiben und die schöne Mondnacht zu genießen.

TYRONE Ja, ich erinnere mich, es war eine wunderschöne Nacht.

JOSIE Wirklich, Jim? Das freut mich. Du hast es, glaub ich, sehr genossen. Wir haben hier gesessen, und dann bist du eingeschlafen.

TYRONE Wie lange haben wir so gesessen?

JOSIE Nicht lange. Nicht mal 'ne Stunde.

TYRONE Wahrscheinlich hab ich dich zu Tode gelangweilt und in meinem Suff 'nen Haufen dummes Zeug geredet.

JOSIE So schlimm war's auch wieder nicht. Nur, als du angefangen hast, Süßholz zu raspeln. Du hast mir gesagt, wie schön du mich findest.

TYRONE *ernsthaft* Das war kein dummes Zeug, Josie. Ich hab dich schon immer schön gefunden, und daran wird sich nie was ändern.

JOSIE Du bist unverbesserlich, Jim. Du schreckst wohl vor nichts zurück, nicht mal vor 'ner Frau wie mir, die höchstens für 'ne Vogelscheuche taugt. Selbst beim Jüngsten Gericht wirst du noch deine Witze machen.

TYRONE *ungehalten* Du weißt verdammt genau, daß ich keine Witze mache. Dazu kennst du mich gut genug.

JOSIE *spöttisch* Bitte, wie du willst, ich bin schön und du liebst mich – auf deine Art.

TYRONE »Auf meine Art«? Hab ich dir etwa auch noch Gedichte vorgetragen? Da mußtest du ja einiges durchstehen.

JOSIE Nein, mir hat's gefallen. Es ging um schöne Nächte und den romantischen Mond.

TYRONE Na ja, immerhin hab ich 'ne kleine Entschuldigung dafür. Es war wirklich eine schöne Nacht. Ich werd sie nie vergessen.

JOSIE Das freut mich, Jim.

TYRONE Was hab ich denn sonst noch alles angestellt – ich mein, was hat der Whiskey mit mir angestellt?

JOSIE Nicht viel. Die meiste Zeit warst du still und traurig – wie benommen, als wäre dir der Mond genauso zu Kopf gestiegen wie der Whiskey.

TYRONE Ich weiß noch, Phil und ich haben einen drauf gemacht in der Kneipe, wir haben uns köstlich amüsiert, und dann plötzlich, ohne jeden Grund, war's mit dem Spaß vorbei, und ich wurde so melancholisch wie zehn Hamlets. *Er hält inne.* Ich hab dir hoffentlich nicht meine traurige Lebensgeschichte erzählt, Josie, und mich an deinem Busen ausgeheult?

JOSIE Nein, das hast du nicht. Du hast nur viel davon gesprochen, wie sehr du dir wünschst, daß die Nacht mit mir anders wird als alle anderen Nächte, die du mit irgendwelchen Frauen verbracht hast.

TYRONE *voller Abscheu* O Gott, erwähn jetzt bitte nicht diese Flittchen! *Dann mit tiefer Dankbarkeit* Es war wirklich anders, Josie. Ich kann mich zwar nicht mehr an alles erinnern, aber eins weiß ich, ich fühle mich heute anders. Nicht der übliche Katzenjammer am Morgen danach, wenn du dir vor lauter Gewissensbissen nichts sehnlicher wünschst, als daß du im Schlaf gestorben wärst, nur um nicht daran erinnert zu werden, was für widerliche Sachen du in der Nacht gesagt oder getan hast, weil du wieder mal sinnlos besoffen warst.

JOSIE Für das, was du letzte Nacht getan oder gesagt hast, brauchst du dich nicht schämen. Darauf gebe ich dir mein Wort.

TYRONE *als hätte er das nicht gehört – langsam* Es ist schwer zu beschreiben, wie's mir geht, Josie. So was hab ich noch nie erlebt. Ein Gefühl, als wär ich mit mir und meinem beschissenen Leben im reinen – als wären alle meine Sünden vergeben. *Er wird verlegen – zynisch.* Sünden – so ein Blödsinn! Du weißt schon, was ich meine.

JOSIE *gepreßt* Ja, ich weiß, Jim, und ich bin froh, daß es dir so geht. *Eine Pause entsteht. Sie fährt fort.* Du hast gesagt, du hättest zu viele Morgengrauen über schmutzige Fensterscheiben kriechen sehen, und irgendwelche Flittchen hätten schnarchend neben dir gelegen –

TYRONE *zuckt zusammen* Sei nicht grausam, Josie! Erinnere mich jetzt nicht daran! Verdirb mir nicht den schönen Morgen. *Eine Pause entsteht. Sie beobachtet ihn gespannt. Er dreht sich langsam nach Osten um, wo der Himmel jetzt in glühenden Farben leuchtet und die Sonne mit außergewöhnlicher Pracht aufgeht. Er ist ergriffen, atmet tief ein, wird dann aber sofort verlegen und versucht das zu überspielen – zynisch.* Der liebe Gott läßt sich heute nicht lumpen. Aber Belasco bringt das besser auf die Bühne. Sieht nach Vorhang auf, vierter Akt aus. *Sie macht ein bitteres, gekränktes Gesicht, aber er fügt sofort wütend hinzu.* Verdammt noch mal, warum muß ich immer so'n Blödsinn verzapfen? *Tief bewegt* Mein Gott, ist das schön, Josie! Das werd ich nie – nie im Leben vergessen – hier mit dir.

JOSIE *Ihre Gesichtszüge hellen sich auf – schlicht.* Das freut mich, Jim. Ich hab gehofft, du spürst, wie schön es ist – als Andenken.

TYRONE *betrachtet den Sonnenaufgang – postwendend* Andenken an was?

JOSIE Ich weiß auch nicht. Vielleicht an mich, und daß – ach, egal. Ich hab vergessen, was ich sagen wollte. *Wechselt abrupt das Thema* Glaub ja nicht, daß ich dich aufgeweckt habe, um den Sonnenaufgang zu bewundern. Wir sind hier auf 'ner Farm und nicht am Broadway. Für mich wird's Zeit, ich muß an die Arbeit, ich kann mich jetzt nicht schlafen legen. *Sie steht auf und streckt sich. Hinter ihrem ungezwungenen Verhalten wird wachsende Anspannung spürbar.* Das war 'n Wink mit dem Zaunpfahl, Jim. Ich kann dir nicht länger Gesellschaft leisten. Sei ein braver Junge und geh zurück in die Wirtschaft. Ich hoffe, du verstehst das und denkst nicht, daß ich dich loswerden will. *Sie lächelt gekünstelt.*

TYRONE *steht auf* Natürlich versteh ich das. *Er hält inne. Dann platzt er heraus – schuldbewußt.* Eine Frage noch, Josie. Bist du sicher, daß ich mich gestern nacht nicht danebenbenommen habe – und versucht hab, dich rumzukriegen oder so was ähnliches?

JOSIE Nein, hast du nicht. Wir haben uns beide nur ein bißchen was vorgemacht, wie üblich. Sonst war nichts.

TYRONE Gott sei Dank. Das würd ich mir nie verzeihen – ich hätte dich nicht gefragt, wenn ich nicht wüßte, was ich im Suff nicht schon alles angestellt habe. *Er wird sich bewußt, daß er noch immer das volle Glas in der Hand hält.* Das könnt ich eigentlich noch austrinken. In der Kneipe gibt's erst in ein paar Stunden was. *Er trinkt, dann macht er ein freudig überraschtes Gesicht.* Kaum zu glauben, das ist ja gar nicht der billige Fusel, den Phil einem sonst immer anbietet. Das ist echter, alter Bourbon. Wo zum Teufel – *Mit einem Schlag fällt ihm alles wieder ein. Josie bemerkt das. In seinem Gesicht spiegeln sich Scham und quälendes Schuldgefühl. Aus Wut über den Whiskey, der ihm die Erinnerung an die Nacht zurückbrachte, schleudert er instinktiv das Glas zu Boden. Er spürt Josies Blicke und bemüht sich verzweifelt, Stimme und Gesichtsausdruck wieder unter Kontrolle zu bringen.* Echter Bourbon. Jetzt fällt's mir wieder ein, du hast gesagt, ein Schnapsschmuggler hätte ihn Phil geschenkt. Also – ich mach mich jetzt auf den Weg und halt dich nicht weiter von der Arbeit ab. Auf Wiedersehen, Josie. *Er wendet sich zum Gehen.*

JOSIE *bestürzt* Nein, Jim! Bitte geh nicht einfach so! Wir werden uns nicht wiedersehen, nie mehr, und ich weiß, daß es für uns beide so am besten ist, aber du sollst dich nicht dafür schämen, daß du meine Liebe wolltest, um Trost zu finden – wo ich so stolz bin, daß ich sic dir geben konnte! *Flehend* Ich habe um deinetwillen gehofft, daß du dich an nichts mehr erinnerst, aber da du jetzt wieder alles weißt, sollst du dich auch an meine Liebe erinnern und daß du bei mir für eine Weile Frieden gefunden hast.

TYRONE *starrt sie an und kämpft mit sich. Er stammelt trotzig.* Ich weiß nicht, wovon du redest. Ich kann mich nicht erinnern, daß –

JOSIE *traurig* Schon gut, Jim. Ich auch nicht. Leb wohl, und Gott sei mit dir. *Sie dreht sich um, als wollte sie die Stufen hochgehen.*

TYRONE *stammelt* Warte, Josie! *Er geht zu ihr.* Ich bin ein elender Lügner! Verzeih mir, Josie! Natürlich erinnere ich mich! Und ich bin froh darüber! Ich werde deine Liebe nie vergessen! *Er küßt sie.* Nie! *Er küßt sie wieder.* Nie, hörst du! Ich werde dich immer lieben, Josie! *Er küßt sie wieder.* Leb wohl, und Gott sei mit dir.

Er wendet sich ab und geht rasch, ohne sich umzusehen, nach rechts in Richtung Landstraße. Sie blickt ihm einen Moment lang nach, läßt den Kopf sinken, schlägt die Hände vors Gesicht und bricht in Schluchzen aus. Hogan kommt aus ihrem Zimmer, bleibt auf der obersten Stufe stehen und blickt Tyrone mit bitterböser Miene nach.

JOSIE *bemerkt seine Anwesenheit, hört auf zu weinen und hebt den Kopf – trübsinnig* Ich mach dir gleich dein Frühstück, Vater.

HOGAN Komm mir jetzt nicht mit Frühstück! Ich bin doch kein Schwein, das immer nur ans Fressen denkt! *Dann flehend* Hör zu, Liebling. Es stimmt alles, was du gesagt hast über meine Lügen und Intrigen, und worauf ich insgeheim gehofft habe. Aber es ging mir nicht ums Geld, Josie. Mir war klar, das ist die letzte Chance – die allerletzte Chance, euch beide dazu zu bringen, mit dem verdammten Versteckspiel aufzuhören und euch endlich einzugestehen, daß ihr euch liebt. Mir ging es einzig und allein um dein Glück – und dabei war mir jedes Mittel recht. Ich wollte ihn retten und hoffte, er würde erkennen, daß nur deine Liebe – wie er über deine Schönheit sprach, das machte mir Hoffnung – Ich wußte, er würde, selbst wenn du damit einverstanden gewesen wärst, nie mit dir ins Bett gehen, ohne dich zu heiraten. An sein Geld dachte ich als allerletztes, und auch nur, weil ich wollte, daß du endlich ein bequemes und sorgenfreies Leben führen kannst, wie du's verdienst, statt in dieser Bruchbude zu leben und dich auf 'ner schäbigen Farm für mich abzurackern. *Er hält inne – kläglich.* Glaub mir, Josie, das ist die Wahrheit, bitte sei mir nicht mehr böse.

JOSIE *blickt Tyrone immer noch nach – sanft* Ich weiß, daß es wahr ist, Vater. Ich bin dir auch nicht mehr böse. Und keine Angst, ich verlasse dich nicht. Das hab ich nur so gesagt – als kleine Strafe für dich.

HOGAN *mit unterwürfiger Dankbarkeit* Dem Himmel sei Dank, Liebling.

JOSIE *zwingt sich zu einem neckischen Grinsen und ihrem normalen Verhalten* Ein rothaariger alter Hammel wie du und will den Amor spielen!

HOGAN *Sein Gesicht hellt sich auf. Er ist fast wieder der alte – reuevoll.* Und ob das 'ne Strafe war! Wenn du weggegangen wärst, hätte ich mich in Harders Eisweiher ertränkt. Dann hätte ich wenigstens noch den einen Trost gehabt, daß dieser Mistkerl bei jedem Stück Eis an mich denken muß.

Sie hört ihn nicht. Sie ist wieder mit den Gedanken bei Tyrone, der langsam aus dem Blickfeld verschwindet. Hogan betrachtet besorgt ihr trauriges Gesicht – sanft. Laß gut sein, Liebling. Mach's dir nicht unnötig schwer. *Als sie ihn immer noch nicht hört, schlägt er seinen alten, wutschnaubenden Ton an.* Willst du ewig da stehen und den Sonnenaufgang anhimmeln? Wo mir der Magen bis in die Kniekehlen hängt.

JOSIE *sanft* Mach dir keine Sorgen um mich, Vater. Es ist vorbei. Ich nehm's nicht schwer. Aber Jim tut mir leid.

HOGAN Er tut dir leid? *Er bekommt einen leidenschaftlichen Wutausbruch.* Verflucht, der Pesthauch der Hölle soll –

JOSIE *schreit gequält auf* Nicht, Vater! Ich liebe ihn!

HOGAN *beruhigt sich, aber er sieht jetzt sehr bekümmert und alt aus – trübsinnig* Ich hab's nicht so gemeint. Ich weiß, er hatte nichts Böses im Sinn, egal, was geschehen ist. Ich hab nur das Leben an sich verflucht – *Auf seine gewohnt sarkastische Art* Und das ist weiß Gott reine Zeitverschwendung, auch wenn's Grund genug zum Fluchen gibt. *Als sie weiterhin schweigt – kläglich* Vielleicht hab ich mich auch selbst verflucht, weil ich so ein blöder, alter Kerl bin und ständig irgendwas aushecken muß.

JOSIE *wendet sich ihm zu und zwingt sich zu einem neckischen Grinsen* Das würd ich glatt unterschreiben. *Sanft* Sei nicht traurig, Vater. Mir geht's gut – ich bin ganz zufrieden hier mit dir. *Wieder neckisch* Das Leben mit dir hat mich sowieso für jeden anderen Mann verdorben. Soviel Spaß und Aufregung gibt's sonst nirgends.

HOGAN *greift das auf – wutschnaubend* Die Aufregung kannst du gleich haben, wenn ich nicht sofort mein Frühstück kriege, aber ob das 'n Spaß wird, möcht ich bezweifeln.

JOSIE *zwingt sich zu ihrer gewohnten Reaktion* Willst du mir etwa drohen, du schlechtgelaunter alter Hammel. Gehen wir rein, dann mach ich dir dein verdammtes Frühstück.

HOGAN Das hört sich schon besser an.

Er geht durch ihr Zimmer ins Haus. Sie folgt ihm bis zur Tür – dann dreht sie sich noch ein letztes Mal um und blickt in Richtung Landstraße.

JOSIE *Ihr Gesicht ist voller Trauer, Liebe und Mitleid – sanft.* Auf daß dein Wunsch in Erfüllung geht und du bald im Schlaf stirbst, liebster Jim. Auf daß dir für immer vergeben wird und du deinen Frieden findest. *Sie dreht sich langsam um und geht ins Haus.*

Vorhang

Theater Funk Fernsehen

Christopher Fry
Die Dame ist nicht fürs Feuer
Band 7099

Jean Giraudoux
Kein Krieg in Troja
Die Irre von Chaillot
Zwei Stücke
Band 7033

Hugo von Hofmannsthal
Jedermann
Band 7021
Der Schwierige
Band 7111
Der Unbestechliche
Band 7112

Henrik Ibsen / Peter Zadek
Die Wildente
Hedda Gabler
Baumeister Solneß
Band 7073

Eugene Ionesco
Die Nashörner
Band 7034
Der König stirbt
Band 7067

Eugene O'Neill
Der Eismann kommt
Band 7155
Ein Mond für die Beladenen
Band 10182
Eines langen Tages Reise in die Nacht
Band 7152
Fast ein Poet
Band 7151
Trauer muß Elektra tragen
Band 7154

Arthur Schnitzler
Reigen / Liebelei
Band 7009
Das weite Land
Ein Film von Luc Bondy
Band 7105

Franz Werfel
Jacobowsky und der Oberst
Band 7025

Thornton Wilder
Die Alkestiade
Band 7076
Unsere kleine Stadt
Band 7022
Wir sind noch einmal davongekommen
Band 7029
Einakter und Dreiminutenspiele
Band 7066

Carl Zuckmayer
Der fröhliche Weinberg
Schinderhannes
Zwei Stücke
Band 7007
Der Hauptmann von Köpenick
Band 7002
Der Rattenfänger
Band 7114
Des Teufels General
Band 7019

Fischer Taschenbuch Verlag

fi 285 / 11

Theater Funk Fernsehen

Edward Albee
Wer hat Angst vor Virginia Woolf…?
Band 7015

Samuel Beckett
Sechs Theaterstücke
Endspiel / Das letzte Band / Spiel / Spiel ohne Worte 1 und 2 / Glückliche Tage. Band 7088

Elias Canetti
Dramen
Hochzeit
Komödie der Eitelkeit
Die Befristeten
Band 7027

Christopher Durang
Trotz aller Therapie
Amerikanisches Theater der Gegenwart. Band 7102

Marguerite Duras
Die Krankheit Tod
Band 7092
Savannah Bay
Band 7084

Dieter Forte
Fluchtversuche
Vier Fernsehspiele
Band 7055
Kaspar Hausers Tod
Band 7050
Martin Luther & Thomas Münzer oder die Einführung der Buchhaltung
Band 7065

Athol Fugard,
John Kani,
Winston Ntshona
Aussagen
Band 7051
»Master Harold«… und die Boys/ Botschaft von Aloen
Band 7087

Franz Helm
Der Stein der Weisen
Ein endliches Volksstück mit Prolog, 3 Akten, 1 Nachsatz und Gesang
Band 7118

Gert Hofmann
Die Überflutung
Vier Hörspiele
Band 7059

Thomas Hürlimann
Stichtag / Großvater und Halbbruder
Band 7086

Henrik Ibsen
Peter Zadek / Gottfried Greiffenhagen
Die Wildente
Hedda Gabler
Baumeister Solneß
Band 7073

Lotte Ingrisch
Wiener Totentanz
Band 7094

Fischer Taschenbuch Verlag

fi 304 / 10 a

Theater Funk Fernsehen

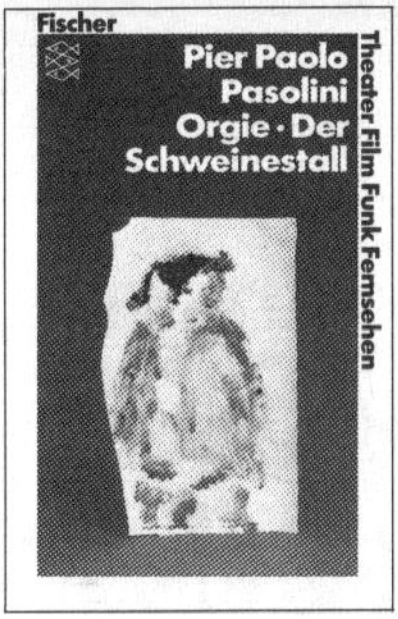

Reiner Kunze
Der Film »Die wunderbaren Jahre«. *Band 7053*

Kevin Laffan
Die Träume des Trevor Staines
Band 7113

David Mamet
Hanglage Meerblick
Band 7101

Bonnie Marranca (Hg.)
Amerikanische Träume
Die Bilderwelt des **Sam Shepard**
Band 7104

William Mastrosimone
Tagträumer
Band 7106

Anthony Minghella
Made in Bangkok
Band 7107

Edna O'Brien
Virginia
Ein Theaterstück
Band 7064

Pier Paolo Pasolini
Orgie
Der Schweinestall
Band 7078
Affabulazione oder Der Königsmord
Pylades
Band 7079

Gerhard Roth
Lichtenberg / Sehnsucht / Dämmerung
Band 7068

Rolf Schneider
Marienbader Intrigen
Band 7093

Stefan Schütz
Monsieur X oder Die Witwe des Radfahrers/Urschwejk
Band 7117
Sappa/Die Schweine
Band 7062
Die Seidels (Groß & Gross)/ Spectacle Cressida
Band 7083

Peter Shaffer
Amadeus
Band 7063
Laura und Lotte
Band 7153

Sam Shepard
Fluch der verhungernden Klasse/ Vergrabenes Kind
Band 7056
Lügengespinst
Amerikanisches Theater der Gegenwart
Band 7103

Wole Soyinka
Die Straße
Band 7115

Hörspiele
Ilse Aichinger/ Ingeborg Bachmann/ Heinrich Böll/ Günter Eich/ Wolfgang Hildesheimer/Jan Rys
Band 7010

Fischer Taschenbuch Verlag

fi 304 / 13 b

Theater Funk Fernsehen

Aktuelle Lesestücke

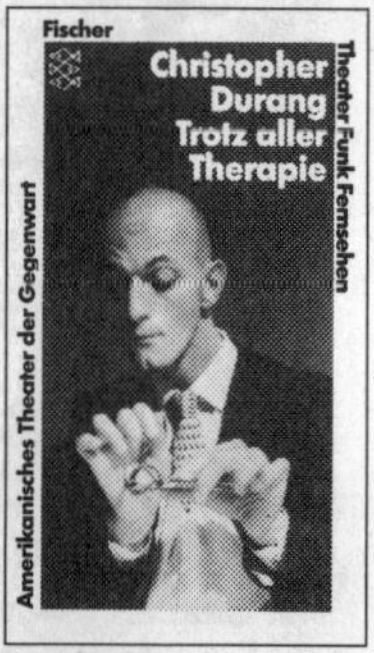

Bd. 7102

Bd. 7118

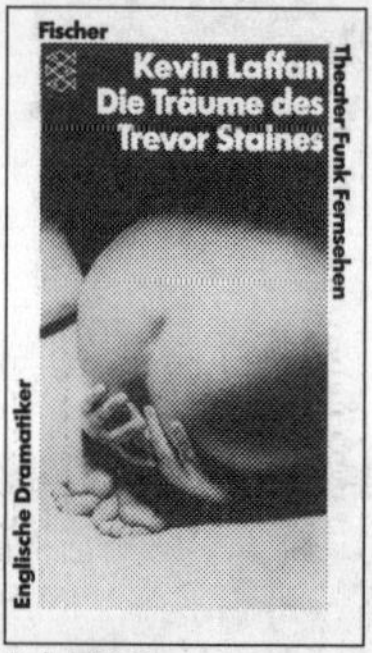

Bd. 7113

Bd. 7101

Bd. 7106

Bd. 7107

Bd. 7117

Bd. 7103

Bd. 7115